EL MARAVILLOSO MAGO DE OZ

ALMA CLÁSICOS ILUSTRADOS

EL MARAVILLOSO MAGO DE OZ

L. FRANK BAUM

Traducción de
Concha Cardeñoso Sáenz de Miera

Ilustrado por
Giselfust

Título original: *The Wonderful Wizard of Oz*

www.editorialalma.com

@almaeditorial

Diseño de la colección: lookatcia.com
Diseño de cubierta: lookatcia.com
Maquetación y revisión: LocTeam, S.L.

ISBN: 978-84-10206-35-9
Depósito legal: B-15100-2025

Impreso en España
Printed in Spain

Este libro contiene papel de color natural de alta calidad que no amarillea (deterioro por oxidación) con el paso del tiempo y está hecho de material proveniente de bosques certificados FSC® bien manejados y de otras fuentes controladas.

MIXTO
Papel | Apoyando la silvicultura responsable
FSC® C202626

Este libro está dedicado a mi buena amiga y compañera,
mi mujer

L. F. B.

ÍNDICE

INTRODUCCIÓN

Las tradiciones populares, leyendas, mitos y cuentos de hadas han acompañado a la infancia a lo largo de todas las épocas, porque todo jovencito sano acusa una saludable tendencia instintiva hacia los relatos fantásticos, prodigiosos y manifiestamente irreales. Las hadas aladas de Grimm y Andersen han proporcionado más felicidad a los corazones infantiles que cualquier otra creación humana.

Sin embargo, el antiguo cuento de hadas, después de haber servido a tantas generaciones, puede clasificarse ahora como «histórico» en las bibliotecas, pues ha llegado la hora de una serie de «cuentos maravillosos» nuevos en los que los estereotipos del genio, el enano y el hada quedan eliminados, así como los episodios horribles y espeluznantes que sus autores empleaban para recalcar en cada cuento una moraleja aterradora. La educación moderna ya contempla la moralidad, por lo tanto, el niño de hoy en día únicamente busca entretenimiento en los cuentos maravillosos y prescinde con mucho gusto de todas las escenas desagradables.

Con esta idea en mente, el cuento de *El maravilloso mago de Oz* se escribió solo para dar placer a los niños. Aspira a ser un cuento de hadas modernizado que conserva la magia y la dicha y deja de lado el sufrimiento y las pesadillas.

L. FRANK BAUM
Chicago, abril de 1900

1

EL CICLÓN

Dorothy vivía en medio de las grandes praderas de Kansas con su tío Henry, que era granjero, y su tía Em, que era la mujer del granjero. Su casa era pequeña, porque para construirla tuvieron que traer la madera en carreta desde muy lejos. La casa tenía cuatro paredes, el suelo y el tejado, que formaban una habitación; en la habitación había una cocina que parecía herrumbrosa, un armario para los platos, una mesa, tres o cuatro sillas y las camas. Tío Henry y tía Em tenían una cama grande en un rincón, y Dorothy, una cama pequeña en otro rincón. No había buhardilla ni sótano, solo un huequecito excavado en el suelo que se llamaba «refugio anticiclones», donde la familia podía esconderse en caso de que se levantara un gran remolino de viento de esos tan fuertes que podían destruir todos los edificios que encontraban a su paso. Se entraba allí por una trampilla que había en medio de la habitación, de donde bajaba una escalera al hoyo pequeño y oscuro.

Cuando Dorothy salía a la puerta de casa y miraba alrededor, no veía nada más que la gran pradera gris por todas partes. Ni un árbol ni una casa rompían la gran llanura que llegaba hasta el borde del cielo en todas direcciones. El sol había recocido la tierra labrada hasta convertirla en una masa gris surcada de pequeñas grietas. Ni siquiera la hierba era verde, porque el sol había quemado las puntas de las hojas alargadas hasta volverlas del mismo color gris que se veía por doquier. La casa había estado pintada alguna vez, pero el sol había resquebrajado la pintura y las lluvias la habían arrastrado, y ahora la casa estaba tan deslucida y gris como todo lo demás.

Cuando tía Em fue a vivir allí, era una mujer joven y bonita. El sol y el viento también la habían hecho cambiar. Le habían apagado el brillo de los ojos y se los habían dejado de un gris sobrio; le habían marchitado el rojo de las mejillas y de los labios y también se los habían dejado grises. Estaba delgada y demacrada, y ya no sonreía nunca. Cuando Dorothy, que era huérfana, fue a vivir con ellos, tía Em se sobresaltaba tanto con la risa de la niña que gritaba y se ponía la mano en el corazón cada vez que la alegre voz de Dorothy le llegaba a los oídos; y seguía mirando a la niña, asombrándose de que encontrara motivos para reír.

Tío Henry jamás se reía. Trabajaba mucho de la mañana a la noche y no sabía lo que era la alegría. Él también era gris, desde las largas barbas hasta las rústicas botas, tenía un aspecto severo y solemne, y apenas hablaba.

Era Totó el que hacía reír a Dorothy y la salvaba de volverse tan gris como todo lo que la rodeaba. Totó no era gris; era un perrito negro de pelo largo y sedoso, con unos ojillos negros que chispeaban alegremente a ambos lados de su gracioso hociquito. Totó se pasaba todo el día jugando, Dorothy jugaba con él y le quería mucho.

Hoy, sin embargo, no jugaban. El tío Henry, sentado en el peldaño de la puerta, miraba al cielo con preocupación, pues estaba más gris de lo normal. Dorothy se quedó en la puerta con Totó en brazos, mirando al cielo también. Tía Em fregaba los cacharros.

A lo lejos, en el norte, oyeron el grave ulular del viento y tío Henry y Dorothy vieron que la alta hierba se ondulaba en oleadas, precediendo a la tormenta que se aproximaba. Entonces llegó un silbido cortante por el aire desde el sur y, al volver la mirada hacia allí, vieron que la hierba también se iba ondulando cada vez más cerca por aquel lado.

De repente, tío Henry se puso de pie.

—Se acerca un ciclón, Em —dijo a su mujer—; voy a recoger el ganado. —Y echó a correr hacia los establos donde se guardaban las vacas y los caballos.

Tía Em dejó lo que estaba haciendo y salió a la puerta. Con una mirada, se dio cuenta del peligro que se acercaba.

—¡Rápido, Dorothy! —gritó—. ¡Corre al refugio!

Totó saltó de los brazos de Dorothy, se escondió debajo de una cama y la niña fue a buscarlo. Tía Em, asustadísima, abrió de golpe la trampilla del suelo y, bajando por la escalera, se metió en el hoyo pequeño y oscuro. Dorothy por fin atrapó a Totó y se dispuso a seguir a su tía. Cuando estaba a medio camino, el viento entró aullando en la casa y la sacudió con tanta fuerza que la niña perdió el equilibrio y de pronto se encontró sentada en el suelo.

Entonces sucedió una cosa extraña.

La casa dio dos o tres vueltas y se elevó lentamente en el aire. A Dorothy le parecía que iba en globo.

Los vientos del norte y del sur se encontraron en el lugar que la casa ocupaba y la convirtieron en el centro exacto del ciclón. En medio de un ciclón el aire suele estar quieto, pero la gran presión que el viento hacía contra los lados de la casa la levantó en volandas más y más, hasta llevarla casi a la cima del ciclón; y allí se quedó, y el ciclón la transportó a muchos kilómetros de distancia como si fuera una pluma.

Todo estaba muy oscuro y el viento aullaba de forma horrible alrededor de Dorothy, pero a ella le parecía que viajaba tan ricamente. Primero, la casa dio unas pocas vueltas y se inclinó muchísimo hacia un lado, pero después era como si la mecieran con suavidad, como a un bebé en la cuna.

A Totó no le gustaba. Corría por la habitación de un lado a otro, ladrando con fuerza; pero Dorothy se quedó sentada, sin moverse del suelo, y esperó a ver qué pasaba.

Hubo un momento en que Totó se acercó demasiado a la trampilla abierta y se cayó por allí; al principio, la niña pensó que se había quedado sin él, pero enseguida vio que una oreja del perrito asomaba por el agujero, y es que Totó no se caía porque la fuerte presión del aire lo mantenía en alto. Dorothy fue arrastrándose hasta el agujero, lo agarró por la oreja y lo metió otra vez en la habitación; después cerró la trampilla para que no volvieran a ocurrir más accidentes.

Pasaron las horas y a Dorothy se le fue olvidando el miedo poco a poco, pero se encontraba sola y el viento aullaba tanto por todas partes que casi la dejaba sorda. Al principio, pensó que la casa se haría añicos cuando cayera otra vez al suelo, pero a medida que transcurría el tiempo sin que sucediera nada terrible, dejó de preocuparse y decidió esperar tranquilamente a ver qué le deparaba el futuro. Por fin, fue arrastrándose por el suelo bamboleante hasta la cama y se acostó; Totó la siguió y se acostó a su lado.

A pesar del bamboleo de la casa y del aullido del viento, Dorothy cerró enseguida los ojos y se durmió.

2

EL COMITÉ DE LOS MUNCHKINES

La despertó una sacudida tan fuerte y repentina que si no hubiera estado en la blanda cama, quizá se hubiera hecho daño. Pero como estaba acostada, el golpe le hizo contener la respiración y preguntarse qué habría ocurrido. Totó le acercó a la cara su hociquillo frío y gimió con desaliento.

Dorothy se sentó en la cama y notó que la casa no se movía; tampoco estaba oscuro, pues el sol entraba por la ventana e inundaba de luz la pequeña habitación. Entonces saltó de la cama y, con Totó pisándole los talones, fue corriendo a abrir la puerta.

La niña dio un grito de asombro y miró alrededor abriendo los ojos cada vez más al ver tantas cosas maravillosas.

El ciclón había posado la casa en el suelo con mucho cuidado —para ser un ciclón—, en medio de un país de maravillosa belleza. Había parcelas preciosas de césped verde por todas partes, con árboles majestuosos cargados de fruta exquisita y suculenta. Crecían macizos de flores espléndidas a ambos lados y unos pájaros de plumaje brillante y exótico cantaban y revoloteaban en los árboles y en los arbustos. Un poco más allá, un riachuelo corría y burbujeaba entre orillas verdes, murmurando con una voz sumamente agradable para los oídos de una niña que había vivido tanto tiempo en las secas y grises praderas.

Mientras contemplaba entusiasmada el extraño y hermoso paisaje, advirtió que se acercaba a ella un grupo de gente, la gente más rara que había visto en su vida. No eran tan altos como los adultos a los que estaba acostumbrada de siempre, pero tampoco eran enanitos. En realidad, parecían más o menos del tamaño de Dorothy, que era una niña alta para su edad, aunque aquella gente, por lo que se veía, tenía muchos más años que ella.

Eran tres hombres y una mujer, y todos iban vestidos de una forma extraña. Llevaban un sombrero de ala redonda con un capirote que terminaba en un punto pequeño, a unos treinta centímetros por encima de la cabeza, y con campanillas alrededor del ala que tintineaban dulcemente cuando se movían. El sombrero de los hombres era azul, el de la mujer pequeña era blanco, y su vestido era blanco también, y le caía en pliegues desde los hombros; el vestido estaba salpicado de estrellas pequeñas que brillaban al sol como diamantes. Los hombres iban vestidos de azul, del mismo tono que el sombrero, y llevaban botas muy limpias con un gran dobladillo azul por arriba. Dorothy pensó que los hombres serían más o menos tan viejos como tío Henry, porque dos de ellos tenían barba. Pero la señora pequeña era sin duda mucho mayor: tenía el rostro cubierto de arrugas y el pelo prácticamente blanco, y caminaba con bastante rigidez.

Cuando estas personas se acercaron a la casa, en cuyo umbral se encontraba Dorothy, se detuvieron y susurraron entre sí como si tuvieran miedo a dar un paso más. Pero la anciana señora se acercó a Dorothy, hizo una profunda reverencia y dijo con dulce voz:

—Bienvenida seas, nobilísima hechicera, al país de los munchkines. Te estamos agradecidísimos porque has matado a la malvada bruja del este y porque has liberado a nuestro pueblo de la esclavitud.

Dorothy se quedó escuchando el discurso con asombro. ¿Qué querría decir la ancianita al llamarla «hechicera», y afirmar que había matado a la malvada bruja del este? Dorothy era una niñita inocente e inofensiva a la que un ciclón se había llevado muy lejos de su casa; y jamás había matado nada de nada en su vida.

Pero la señora pequeña evidentemente esperaba una respuesta, de modo que Dorothy dijo, con vacilación:

—Es usted muy amable, pero debe de haber un error. Yo no he matado a nadie.

—No importa, la mató tu casa —replicó la ancianita con una carcajada—, que, para el caso, es lo mismo. ¡Mira! —dijo señalando hacia la esquina de la casa—. Ahí están los dos pies, sobresaliendo todavía por debajo de un tablón de madera.

Dorothy miró y dio un chillido de terror. Era verdad: por allí, justo debajo de la esquina en la que se apoyaba la viga grande de la casa, sobresalían dos pies calzados con zapatos de plata de punteras puntiagudas.

—¡Ay, ay, ay! ¿Qué he hecho? —exclamó Dorothy uniendo las manos con consternación—. ¡Mira que haberle caído la casa encima! ¿Y qué va a pasar ahora?

—No va a pasar nada —dijo la pequeña señora con calma.

—Pero ¿quién era? —preguntó Dorothy.

—Era la bruja malvada del este, como te he dicho —contestó la ancianita—. Ha tenido a los munchkines bajo su yugo muchos, muchos años, obligándolos a trabajar como esclavos en su beneficio día y noche. Ahora son libres y te agradecen el favor que les has hecho.

—¿Quiénes son los munchkines? —preguntó Dorothy.

—Son el pueblo que vive en este país del este, donde mandaba la bruja malvada.

—¿Usted es munchkina? —preguntó Dorothy.

—No, pero soy amiga suya, aunque vivo en el país del norte. Cuando vieron que la bruja del este estaba muerta, los munchkines me mandaron a un mensajero veloz y vine aquí inmediatamente. Soy la bruja del norte.

—¡Anda! —exclamó Dorothy—. ¿Es usted una bruja de verdad?

—Sí, no lo dudes —respondió la pequeña señora—. Pero soy una bruja buena y la gente me quiere. No soy tan poderosa como la bruja mala

que mandaba aquí, porque, si no, yo misma habría liberado al pueblo de ella.

—Pero yo creía que todas las brujas eran malas —replicó la niña, que estaba un poco asustada de verse ante una bruja de verdad.

—¡Oh, no! Eso es un gran error. En todo el país de Oz solo había cuatro brujas, y dos de ellas, la del norte y la del sur, son brujas buenas. Sé que lo que digo es cierto, porque yo soy una de las buenas y en eso no puedo equivocarme. Las que vivían en el este y en el oeste eran brujas malvadas de verdad; pero ahora que has matado a esta, solo queda una bruja malvada en todo el país de Oz: la que vive en el oeste.

—Pero —dijo Dorothy después de pensarlo un momento— tía Em me contó que todas las brujas habían muerto hace muchos, muchos años.

—¿Quién es tía Em? —preguntó la anciana señora.

—Es mi tía, que vive en Kansas, de donde soy yo.

La bruja del norte se quedó pensando un rato, con la cabeza inclinada y mirando al suelo. Después, levantó la mirada y dijo:

—No sé dónde está Kansas, porque nunca había oído hablar de ese país hasta ahora. Pero dime, ¿es un país civilizado?

—Claro que sí —replicó Dorothy.

—Ah, eso lo explica todo. Creo que en los países civilizados no quedan brujas, ni magos, ni hechiceras ni brujos. Pero, verás, el país de Oz no ha sido civilizado nunca, pues estamos aislados del resto del mundo. Por lo tanto, todavía tenemos brujas y magos entre nosotros.

—¿Quiénes son los magos? —preguntó Dorothy.

—El propio Oz es el gran mago —contestó la bruja con un susurro de voz—. Es más poderoso que todos nosotros juntos. Vive en la Ciudad de las Esmeraldas.

Dorothy iba a hacer otra pregunta pero, justo en ese momento, los munchkines, que habían estado en silencio allí al lado, dieron un grito fuerte y señalaron hacia la esquina de la casa donde antes yacía la bruja malvada.

—¿Qué ocurre? —preguntó la ancianita; miró y empezó a reírse.

Los pies de la bruja muerta habían desaparecido por completo y no quedaba de ella nada más que los zapatos plateados.

—Era tan vieja —explicó la bruja del norte— que se ha secado rápidamente al sol. Este ha sido su final. Pero los zapatos de plata son tuyos, y tuyos son para que te los pongas. —Se agachó a recoger los zapatos y, después de sacudirles el polvo, se los entregó a Dorothy.

—La bruja del este estaba orgullosa de estos zapatos —dijo uno de los munchkines—, y tienen algún encantamiento, pero nunca hemos sabido en qué consiste.

Dorothy llevó los zapatos a la casa y los puso encima de la mesa. Luego volvió a salir con los munchkines y dijo:

—Deseo volver con mi tía y mi tío, porque estoy segura de que estarán preocupados por mí. ¿Podéis ayudarme a encontrar el camino?

Los munchkines y la bruja se miraron unos a otros y después miraron a Dorothy haciendo gestos negativos con la cabeza.

—En el este, no lejos de aquí —dijo uno—, hay un gran desierto, y nadie que haya pretendido cruzarlo ha sobrevivido.

—En el sur también —dijo otro—, porque he estado allí y lo he visto. El sur es el país de los quadlings.

—Me han dicho —dijo el tercer hombre— que en el oeste pasa lo mismo y que ese país, donde viven los winkies, está gobernado por la malvada bruja del oeste, que te convierte en su esclavo si te cruzas en su camino.

—Mi hogar es el norte —dijo la anciana señora— y en la frontera se encuentra el mismo gran desierto que rodea este país de Oz. Me temo, querida niña, que tendrás que quedarte a vivir con nosotros.

Dorothy empezó a llorar al oírlo, porque se sentía sola entre gente desconocida. Sus lágrimas debieron de conmover los tiernos corazones de los munchkines, porque inmediatamente sacaron sus pañuelos y empezaron a llorar también. Entonces, la señora ancianita se quitó el tocado, se lo puso en la punta de la nariz y contó «uno, dos, tres» con voz solemne. En un instante, el gorro se convirtió en una pizarra donde decía, con grandes letras blancas de tiza:

QUE DOROTHY VAYA A LA CIUDAD DE LAS ESMERALDAS.

La ancianita se quitó la pizarra de la punta de la nariz y, después de leer las palabras escritas, preguntó:

—¿Te llamas Dorothy, querida niña?

—Sí —contestó ella levantando la mirada y secándose las lágrimas.

—Entonces tienes que ir a la Ciudad de las Esmeraldas. Es posible que Oz te ayude.

—¿Dónde está esa ciudad? —preguntó Dorothy.

—Está exactamente en el centro del país, y la gobierna Oz, el gran mago del que te he hablado.

—¿Es un hombre bueno? —inquirió la niña con inquietud.

—Es un mago bueno. Pero no sabría decir si es hombre o no porque no lo he visto nunca.

—¿Cómo se va allí? —preguntó Dorothy.

—Tienes que ir andando. Es un viaje largo a través de unas tierras que a veces son agradables y a veces, sombrías y terribles. Sin embargo, utilizaré las artes mágicas que conozco para que no sufras ningún daño.

—¿No vendrá usted conmigo? —rogó la niña, que había empezado a considerar a la viejecita como su única amiga.

—No, no puedo acompañarte —replicó—, pero te daré mi beso y nadie se atreverá a hacer daño a alguien que ha recibido el beso de la bruja del norte.

Se acercó a Dorothy y la besó en la frente con ternura. En el lugar donde sus labios la tocaron quedó una señal redonda y brillante, como Dorothy descubrió poco después.

—El camino a la Ciudad de las Esmeraldas es de adoquines amarillos —dijo la bruja—, así que no tiene pérdida. Cuando te encuentres con Oz, no tengas miedo, cuéntale lo que te ha pasado y pídele que te ayude. Adiós, querida niña.

Los tres munchkines le hicieron una profunda reverencia, le desearon buen viaje y, después, se alejaron hacia los árboles.

La bruja dedicó una leve y cordial inclinación de cabeza a Dorothy, dio tres vueltas sobre el talón del pie izquierdo y desapareció sin más, para gran sorpresa de Totó, que empezó a ladrar con fuerza tan pronto

como dejó de verla, porque, mientras estaba, no se había atrevido a gruñir siquiera.

Pero Dorothy, sabiendo que se trataba de una bruja, esperaba que desapareciera exactamente de esa manera y no se sorprendió lo más mínimo.

3

DOROTHY SALVA AL ESPANTAPÁJAROS

Cuando Dorothy se quedó sola, empezó a sentir hambre. Entonces fue al armario, cortó un poco de pan y lo untó con mantequilla. Dio un poco a Totó, luego cogió un cubo de la estantería y lo llevó hasta el arroyuelo, donde lo llenó de agua cristalina y burbujeante. Entretanto, Totó corrió hasta los árboles y empezó a ladrar a los pájaros que había por allí. Dorothy fue a buscarlo y vio las ramas cargadas de fruta tan apetitosa que recogió un poco, porque le parecía que era justo lo que necesitaba para completar el desayuno.

Entonces volvió a la casa y, después de tomar un buen trago de agua fresca y limpia y darle también a Totó, empezó a hacer los preparativos del viaje a la Ciudad de las Esmeraldas.

Dorothy tenía solo un vestido de recambio, pero por suerte estaba limpio, colgado en una percha al lado de su cama. Era de percal de cuadros blancos y azules y, aunque el azul estaba un poco descolorido de tantos lavados, todavía era un traje bonito. Se lavó con esmero, se puso el vestido limpio y se ató el gorrito rosa a la cabeza. Cogió una cesta pequeña y puso en ella el pan del armario, tapado con un paño blanco. Después se miró a los pies y se dio cuenta de lo viejos y gastados que estaban sus zapatos.

—Seguro que no resisten un viaje largo, Totó —dijo. Y Totó la miró a la cara con sus ojillos negros y movió la cola para demostrar que entendía lo que quería decir.

En ese momento Dorothy vio los zapatos de plata de la bruja del este encima de la mesa.

—¿Crees que me servirán? —preguntó a Totó—. Serían lo justo para dar un paseo tan largo, porque no se desgastarían.

Se quitó sus viejos zapatos de piel y se probó los de plata, que le quedaban tan bien como si se los hubieran hecho a medida.

Finalmente, cogió la cesta.

—Vamos, Totó —dijo—; iremos a la Ciudad Esmeralda a preguntar al gran Oz cómo podemos regresar a Kansas.

Cerró la puerta, echó la llave y se la guardó en el bolsillo del vestido. Y así, con Totó trotando muy serio detrás de ella, empezó el viaje.

Había varios caminos por los alrededores, pero no tardó en encontrar el que estaba pavimentado con adoquines amarillos. Al cabo de poco rato, caminaba briosamente hacia la Ciudad Esmeralda, con los zapatos de plata tintineando alegres contra los duros adoquines amarillos del camino. El sol brillaba, los pájaros trinaban dulcemente y Dorothy no se sentía tan mal, ni mucho menos, como uno podría imaginarse, teniendo en cuenta que era una niña pequeña que había desaparecido de pronto de su propio país y había ido a parar a un lugar desconocido.

Cuanto más avanzaba, más le sorprendía la hermosura del paisaje. Había vallas ordenadas a los lados, primorosamente pintadas de azul y, detrás de ellas, se extendían fértiles campos de cereales y verduras. Era evidente que los munchkines sabían cuidar la tierra y cultivar grandes cosechas. De vez en cuando, pasaba ante una casa, la gente salía a mirarla y le hacía una profunda reverencia, porque todos sabían que era la destructora de la bruja malvada, la que les había liberado de la esclavitud. Los munchkines vivían en unas casas muy raras, redondas y con una gran cúpula por tejado. Todas estaban pintadas de azul, porque el azul era el color predilecto del país del este.

Hacia el atardecer, cuando ya estaba cansada de la larga caminata y empezaba a preguntarse dónde pasaría la noche, llegó a una casa de tamaño bastante mayor que las demás. En el césped verde de la entrada había muchos hombres y mujeres bailando. Cinco pequeños violinistas tocaban tan fuerte como podían y la gente se reía y cantaba, y a su lado había una mesa grande cargada de deliciosa fruta fresca, frutos secos, empanadas, tartas y otros muchos manjares sabrosos.

La gente saludó a Dorothy amablemente y la invitaron a cenar y a pasar la noche con ellos, pues era la casa de uno de los munchkines más ricos del país y sus amigos habían ido a verle para celebrar su liberación de la bruja malvada.

Dorothy cenó opíparamente, atendida por el munchkin rico en persona, que se llamaba Boq. Después, se sentó en un sofá a ver bailar a la gente.

Cuando Boq vio que tenía puestos los zapatos de plata, dijo:

—Debes de ser una gran hechicera.

—¿Por qué? —preguntó la niña.

—Porque llevas puestos los zapatos de plata y has matado a la bruja malvada. Además, tu vestido tiene el color blanco, y solo las brujas y las hechiceras se visten de blanco.

—Mi vestido es azul con cuadros blancos —dijo Dorothy atusándose la falda.

—Es un detalle por tu parte que uses ese color —dijo Boq—, el azul es el color de los munchkines y el blanco es el de la bruja; así sabemos que eres una bruja amiga.

Dorothy no sabía qué decir, parecía que todo el mundo pensara que era una bruja, pero ella sabía muy bien que no era más que una niña normal y corriente que había llegado a ese extraño país por casualidad, arrastrada por un ciclón.

Cuando la niña se cansó de ver bailar, Boq la llevó al interior de la casa, a una habitación con una bonita cama. Las sábanas eran de tela azul y Dorothy durmió a pierna suelta entre ellas hasta la mañana siguiente, con Totó acurrucado a su lado en una alfombra azul.

Desayunó estupendamente y estuvo mirando a un bebé munchkin chiquitín, que jugaba con Totó y le tiraba de la cola gorjeando y riéndose de una forma que a Dorothy le hacía mucha gracia. Totó era toda una curiosidad en aquel país, porque nunca habían visto perros por allí.

—¿Cuánto falta para la Ciudad Esmeralda? —preguntó la niña.

—No lo sé —contestó Boq con seriedad—, porque nunca he ido allí. Es mejor no acercarse a Oz, a menos que se tenga algún asunto con él. Pero la Ciudad Esmeralda está lejos, tardarás muchos días. Este país es fértil y ameno, pero tendrás que cruzar parajes agrestes y peligrosos antes de llegar al final del viaje.

Estas palabras inquietaron a Dorothy un poco, pero sabía que solo el gran Oz podría ayudarla a volver a Kansas, así que, con valentía, decidió no volverse atrás.

Se despidió de sus amigos y se puso en marcha nuevamente por el camino de adoquines amarillos. Al cabo de unos cuantos kilómetros, quiso pararse a descansar, así que se subió a la cerca del camino y se sentó. Al otro lado de la valla había un gran maizal y, no lejos de ella, vio un espantapájaros colocado en un palo alto para que los pájaros no se acercaran al maíz maduro.

Dorothy apoyó la barbilla en la mano y se quedó mirando al espantapájaros pensativamente. La cabeza era un saco pequeño relleno de paja, con los ojos, la nariz y la boca pintados para que pareciese que tenía cara. En la cabeza llevaba un sombrero puntiagudo de color azul, que habría sido de algún munchkin, y el resto del cuerpo era un traje azul raído y descolorido, relleno de paja también. En los pies llevaba unas botas viejas con los dobladillos azules, como las que usaban los hombres del país, y todo él se alzaba por encima de las plantas por medio de un palo pegado en la espalda.

Cuando Dorothy miraba con atención la extraña cara pintada del espantapájaros, se sorprendió al ver que le guiñaba un ojo lentamente. Al principio pensó que se lo había imaginado, porque ningún espantapájaros en Kansas le había guiñado jamás un ojo; pero en ese momento, la figura movió la cabeza dirigiéndose a ella con un gesto cordial. Entonces, Dorothy se bajó de la valla y se acercó, mientras Totó corría alrededor del palo ladrando.

—Buenos días —farfulló el espantapájaros con voz de farfolla.

—¿Has hablado? —preguntó la niña asombrada.

—Efectivamente —respondió el espantapájaros—, ¿qué tal estás?

—Estoy muy bien, gracias —contestó Dorothy con buenos modales—. ¿Y tú, qué tal estás?

—No me encuentro muy bien —dijo el espantapájaros con una sonrisa—, porque es un aburrimiento estar aquí colgado día y noche espantando pájaros.

—¿No puedes bajar? —preguntó Dorothy.

—No, porque tengo este palo pegado a la espalda. Si me hicieras el favor de quitarme el palo, te lo agradecería muchísimo.

Dorothy levantó los dos brazos y lo sacó del palo, porque, como estaba relleno de paja, pesaba muy poco.

—Muchísimas gracias —dijo el espantapájaros, una vez puesto en el suelo—. Me siento un hombre nuevo.

Dorothy estaba desconcertada, le parecía raro oír hablar a un hombre relleno de paja y verlo andar a su lado.

—¿Quién eres tú? —preguntó el espantapájaros, después de desentumecerse y bostezar—, ¿y adónde vas?

—Soy Dorothy —dijo la niña— y voy a la Ciudad Esmeralda, a pedir al gran Oz que me mande otra vez a Kansas.

—¿Dónde está la Ciudad Esmeralda? —inquirió el espantapájaros—, ¿y quién es Oz?

—¡Cómo! ¿No lo sabes? —replicó ella sorprendida.

—No, efectivamente; yo no sé nada de nada. Verás, es que estoy relleno de paja, así que no tengo ni pizca de cerebro —contestó con tristeza.

—¡Oh! —dijo Dorothy—, lo siento muchísimo por ti.

—¿Crees —preguntó él— que si voy a la Ciudad Esmeralda contigo, el gran Oz me daría un poco de cerebro?

—No lo sé —replicó ella—, ven conmigo, si quieres. Si Oz no te da ni una pizca de cerebro, no te quedarás peor que ahora.

—Eso es cierto —dijo el espantapájaros—. Verás —continuó confidencialmente—, no me importa tener las piernas, los brazos y el cuerpo rellenos de paja, porque así no me hago daño. Si alguien me pisa un pie o me clava alfileres, no me importa porque no me duele. Pero no quiero que me llamen necio, y si sigo teniendo la cabeza llena de paja, en vez de cerebro, como la tuya, ¿cómo voy a aprender algo en la vida?

—Comprendo lo que sientes —dijo la niña, que de verdad lo sentía por él—. Si vienes conmigo, pediré a Oz que haga cuanto pueda por ayudarte.

—Gracias —contestó él agradecido.

Volvieron al sendero, Dorothy le ayudó a saltar la cerca y, juntos, se pusieron en marcha por el camino de adoquines amarillos, rumbo a la Ciudad Esmeralda.

Al principio, a Totó no le gustó el nuevo compañero. Olisqueaba alrededor del hombre de paja como si sospechase que hubiera un nido de ratas en su interior, y le ladraba a menudo con hostilidad.

—No hagas caso a Totó —dijo Dorothy a su nuevo amigo—, no muerde nunca.

—¡Ah, no me da miedo! —contestó el espantapájaros—. No se puede hacer daño a la paja. Déjame llevarte la cesta. No me importará, porque tampoco me canso nunca. Voy a contarte un secreto —prosiguió, mientras seguían andando—; solo hay una cosa en el mundo que me dé miedo.

—¿Y qué es? —preguntó Dorothy—. ¿El granjero munchkin que te hizo?

—No —contestó el espantapájaros—, las cerillas encendidas.

4

EL CAMINO DEL BOSQUE

Al cabo de unas horas, el camino se llenó de baches y se puso tan difícil que el espantapájaros tropezaba todo el tiempo con los adoquines amarillos, que en esa parte eran muy irregulares. Incluso a veces estaban rotos o faltaba alguno y, claro, quedaba un hueco que Totó saltaba y Dorothy rodeaba. Pero el espantapájaros, como no tenía cerebro, seguía andando recto, tropezaba en los huecos y se caía cuan largo era en los adoquines amarillos. De todos modos, nunca se hacía daño; Dorothy lo levantaba del suelo y lo ponía de pie otra vez, riéndose los dos del percance.

En esa parte, los campos no estaban tan bien cuidados como los que había visto antes. Había menos casas y menos árboles frutales y, cuanto más avanzaban, más triste y solitario se volvía todo. A mediodía, se sentaron a la orilla del camino, cerca de un arroyuelo, y Dorothy abrió la cesta y sacó un poco de pan. Ofreció un trozo al espantapájaros, pero él no lo quiso.

—Nunca tengo hambre —dijo él—, y es una suerte porque, como tengo la boca pintada, si tuviera que abrirme una raja para poder comer, la paja del relleno se me saldría y se me estropearía la forma de la cabeza.

Dorothy entendió inmediatamente que eso era verdad, así que se limitó a asentir con un gesto y siguió comiendo pan.

—Cuéntame algo de ti y de tu país —dijo el espantapájaros cuando Dorothy terminó de comer. Y ella le relató cuanto sabía de Kansas, lo gris que era todo allí y que un ciclón se la había llevado hasta ese extraño país de Oz. El espantapájaros escuchó atentamente y dijo:

—No entiendo por qué deseas marcharte de este hermoso país y volver a ese sitio tan seco y gris al que llamas Kansas.

—Es porque no tienes cerebro —contestó la niña—. Aunque nuestros hogares sean muy aburridos y grises, la gente de carne y hueso preferimos vivir allí que en cualquier otro país, por muy bonito que sea. No hay mejor sitio que el propio hogar.

El espantapájaros suspiró.

—Claro, no puedo entenderlo —dijo—. Si tuvierais la cabeza rellena de paja como yo, seguramente viviríais todos en sitios hermosos, y entonces en Kansas no habría nadie. Es una suerte para Kansas que tengáis cerebro.

—¿Por qué no me cuentas un cuento mientras descansamos? —preguntó la niña.

El espantapájaros la miró con reproche y contestó:

—He vivido una vida tan corta que, en realidad, no sé nada de nada. Hace solo dos días que me hicieron. No sé nada de lo que ha sucedido en el mundo antes. Por suerte, cuando el granjero me hizo la cabeza, una de las primeras cosas que me puso fueron las orejas, para que oyera lo que sucedía. Había otro munchkin con él, y lo primero que oí fue al granjero, que decía:

»—¿Qué te parecen estas orejas?

»—No están rectas —contestó el otro.

»—No importa —dijo el granjero—, siguen siendo orejas. —Y era cierto.

»—Ahora voy a pintar los ojos —dijo el granjero. Y me pintó el ojo derecho y, en cuanto lo terminó, vi que yo lo estaba mirando a él y a todo lo que me rodeaba con gran curiosidad, porque era lo primero que veía del mundo.

»—Es un ojo muy bonito —comentó el munchkin, que miraba al granjero—; el color azul es el mejor para los ojos.

»—Creo que voy a hacer el otro un poco mayor —dijo el granjero; y cuando me pintó el segundo ojo, vi que veía mucho mejor que antes. Después, me hizo la nariz y la boca; pero no hablé, porque en ese momento no sabía para qué servía la boca. Me divertí viéndoles hacerme el cuerpo, los brazos y las piernas y, cuando me colocaron la cabeza por fin, me sentí muy orgulloso, porque creí que era un hombre como cualquiera.

»—Este muchacho espantará a los pájaros enseguida —dijo el granjero—, es igualito que un hombre.

»—¡Toma! ¡Como que es un hombre! —dijo el otro, y yo le di la razón. El granjero me llevó bajo el brazo hasta el maizal y me puso en el palo alto donde me encontraste. Poco después, el granjero y su amigo se marcharon y me dejaron solo.

»No me gustó que me abandonaran de esa forma, así que intenté seguirles caminando, pero no tocaba el suelo con los pies y tuve que quedarme en el palo. Era una vida muy solitaria, porque no tenía nada en qué pensar... Como me habían hecho hacía tan poco... Muchos cuervos y otros pájaros llegaron volando al maizal, pero en cuanto me vieron, se marcharon otra vez creyendo que yo era un munchkin; eso me gustó, porque me pareció que por ese motivo era una persona bastante importante. Al poco rato, un cuervo viejo se me acercó volando y, después de mirarme atentamente, se me posó en el hombro y dijo:

»—Me pregunto si ese granjero pensaba que me iba a engañar con esta tontería. Cualquier cuervo con sentido común ve que no eres más que un relleno de paja.

»Entonces se bajó a mis pies de un salto y comió todo el maíz que quiso. Los demás pájaros, al ver que yo no le hacía nada, se acercaron también a comer maíz, y, al poco tiempo, se reunió una gran bandada a mi alrededor.

»Entonces me entristecí, porque veía que, después de todo, no era tan buen espantapájaros; pero el cuervo viejo me animó diciéndome:

»—Solo con que tuvieras cerebro en la cabeza, serías un hombre igual a cualquiera, y mejor que algunos, incluso. Lo único que vale la pena tener en este mundo es cerebro, tanto si se es cuervo como si se es hombre.

»Después de que los cuervos se marcharan, pensé en todo eso y decidí que intentaría hacerme con un cerebro como fuera. Por suerte, apareciste tú y me descolgaste del palo y, por lo que dices, estoy seguro de que el gran Oz me dará un cerebro en cuanto lleguemos a la Ciudad Esmeralda.

—Eso espero —dijo Dorothy con entusiasmo—, porque parece que lo deseas mucho.

—¡Oh, sí! Lo deseo mucho —contestó el espantapájaros—. Es tan desagradable saber que uno es necio.

—Bueno —dijo la niña—, vámonos. —Y pasó la cesta al espantapájaros.

En las orillas del camino ya no había cercas, el terreno era escabroso y estaba sin labrar. Hacia el atardecer, llegaron a un gran bosque donde los árboles eran tan grandes y estaban tan cerca unos de otros que las ramas se unían por encima del camino de adoquines amarillos. Bajo los árboles, casi era de noche, porque las ramas tapaban la luz del sol; pero los viajeros no se detuvieron y siguieron adentrándose en el bosque.

—Si este camino entra, tiene que salir —dijo el espantapájaros—, y como la Ciudad Esmeralda está en el otro lado del camino, tenemos que seguirlo, nos lleve por donde nos lleve.

—Eso lo sabe cualquiera —dijo Dorothy.

—Efectivamente, por eso lo sé yo —contestó el espantapájaros—. Si hubiera que tener cerebro para saberlo, no lo habría dicho nunca.

Al cabo de una hora o así, la luz desapareció y los dos se encontraron tropezando por el camino en la oscuridad. Dorothy no veía nada, pero Totó sí, porque algunos perros ven muy bien en la oscuridad; el espantapájaros dijo que él veía tan bien como de día.

—Si ves alguna casa o algún sitio donde podamos pasar la noche —dijo la niña—, tienes que decírmelo, porque andar en la oscuridad es muy incómodo.

Poco después, el espantapájaros se detuvo.

—Veo una cabaña pequeña a nuestra derecha —dijo—, construida con troncos y ramas. ¿Vamos allí?

—Sí, claro que sí —contestó la niña, aliviada—. Estoy cansadísima.

Entonces, el espantapájaros la guio entre los árboles hasta que llegaron a la cabaña. Dorothy entró y, al ver un montón de hojas secas en un rincón, se tumbó sobre ellas y no tardó en quedarse profundamente dormida, con Totó a su lado. El espantapájaros, que nunca se cansaba, se quedó de pie en otro rincón y esperó con paciencia hasta que llegó la mañana.

5

EL RESCATE DEL LEÑADOR DE HOJALATA

Cuando Dorothy se despertó por la mañana, el sol brillaba entre los árboles y hacía rato que Totó andaba persiguiendo pájaros y ardillas. La niña se sentó y miró alrededor. Allí estaba el espantapájaros, esperando todavía pacientemente en su rincón, aguardándola.

—Tenemos que ir a buscar agua —le dijo.

—¿Para qué quieres agua? —preguntó.

—Para quitarme de la cara todo el polvo del camino, y para beber, porque, si no, el pan seco se me pega en la garganta.

—Tiene que ser un inconveniente estar hecho de carne —dijo el espantapájaros pensativo—, porque hay que dormir, comer y beber. A cambio, tenéis cerebro, y por poder pensar correctamente sí que vale la pena esforzarse mucho. Se marcharon de la cabaña y echaron a andar entre los árboles hasta que encontraron un pequeño manantial de agua clara, donde Dorothy bebió, se bañó y desayunó. Al ver el poco pan que había en la cesta, se alegró de que el espantapájaros no necesitara comer nada, porque apenas quedaba suficiente para que Totó y ella pasaran el día.

Cuando terminó de comer y estaba a punto de volver al camino de adoquines amarillos, oyó un lamento grave allí cerca y se sobresaltó.

—¿Qué ha sido eso? —preguntó tímidamente.

—No tengo la menor idea —replicó el espantapájaros—, pero podemos ir a ver.

En ese mismo momento, oyeron otro lamento, y parecía que el sonido viniera de detrás de ellos. Dieron media vuelta, se internaron unos pasos en el bosque y entonces Dorothy descubrió algo que brillaba bajo un rayo de sol que caía entre los árboles. Fue corriendo hasta allí y, de pronto, se detuvo en seco y lanzó un grito de sorpresa.

Un árbol grande estaba casi cortado del todo y, de pie, a su lado, con un hacha levantada en las manos, había un hombre que era todo de hojalata. Tenía la cabeza, las piernas y los brazos engranados en el cuerpo a la perfección, pero estaba completamente quieto, como si no pudiera mover ni un dedo.

Dorothy lo miró asombrada, y también el espantapájaros; Totó empezó a ladrar secamente y le mordió una pierna pero, como era de hojalata, se hizo daño en los dientes.

—¿Te has quejado? —preguntó Dorothy.

—Sí —contestó el hombre de hojalata—, me he quejado. Llevo más de un año quejándome, pero nunca me ha oído nadie ni me han venido a ayudar.

—¿En qué puedo ayudarte? —preguntó la niña en voz baja, porque le conmovía el tono tan triste en que hablaba el hombre.

—Busca una aceitera y engrásame las juntas —contestó—. Se me han oxidado tanto que no puedo mover ni un dedo; si me engraso bien, enseguida me recuperaré del todo. En una repisa de mi cabaña hay una aceitera.

Al punto, Dorothy volvió corriendo a la cabaña a buscar la aceitera, regresó al bosque y preguntó con preocupación:

—¿Dónde tienes las juntas?

—Primero engrásame el cuello —contestó el leñador de hojalata. Y la niña se lo engrasó, pero como lo tenía tan oxidado, el espantapájaros le tomó la cabeza de hojalata y se la movió despacito de lado a lado, hasta que la hizo girar bien y el hombre la pudo mover solo.

—Ahora, engrásame las juntas de los brazos —dijo. Dorothy se las engrasó y el espantapájaros se las dobló con cuidado hasta que perdieron gran parte del óxido y quedaron como nuevas.

El leñador de hojalata soltó un suspiro de satisfacción, bajó el hacha y la dejó apoyada contra el árbol.

—¡Ah, qué alivio! —exclamó—. He tenido que mantener el hacha en alto desde que me oxidé. ¡Cuánto me alegro de poder posarla en el suelo por fin! Ahora, si me engrasas las articulaciones de las piernas, volveré a estar en perfectas condiciones.

Entonces, le engrasaron las piernas hasta que pudo moverlas con libertad; luego les dio las gracias una y otra vez por haberlo liberado, pues parecía un ser muy amable y sumamente agradecido.

—De no haber sido por vosotros, me habría quedado así para siempre —dijo—, de modo que en verdad me habéis salvado la vida. ¿Cómo es que andabais por aquí?

—Vamos de camino a la Ciudad Esmeralda, a ver al gran Oz —contestó Dorothy—, y nos detuvimos en tu cabaña a pasar la noche.

—¿Por qué queréis ver a Oz? —preguntó él.

—Yo quiero que me mande otra vez a Kansas, y el espantapájaros quiere que le ponga cerebro en la cabeza —contestó.

El leñador de hojalata se quedó pensando profundamente un momento y luego dijo:

—¿Crees que Oz me daría un corazón a mí?

—Bueno, supongo que sí —contestó Dorothy—, sería tan fácil como dar cerebro al espantapájaros.

—Cierto —contestó el leñador de hojalata—. Entonces, si me lo permitís, iré con vosotros a la Ciudad Esmeralda a pedir a Oz que me ayude.

—Ven con nosotros —dijo el espantapájaros efusivamente.

Dorothy añadió que estaría encantada de disfrutar de su compañía. Y así, el leñador de hojalata se cargó el hacha al hombro y juntos cruzaron el bosque hasta retomar el camino pavimentado con adoquines amarillos.

El leñador de hojalata había pedido a Dorothy que llevara la aceitera en su cesta.

—Porque —dijo—, si me vuelve a sorprender la lluvia y me oxido otra vez, me hará mucha falta engrasarme.

Fue una suerte que el nuevo compañero se uniera a ellos, porque poco después de reanudar el viaje, llegaron a un sitio donde los árboles y las ramas tapaban el camino de tal modo que los viajeros no habrían podido continuar. Pero el leñador de hojalata se puso a trabajar con el hacha, y lo hacía tan bien que enseguida despejó un pasadizo por donde todos pudieron pasar.

Dorothy caminaba tan ensimismada en sus pensamientos que no se dio cuenta de que el espantapájaros tropezaba en un hoyo y se caía rodando hasta la cuneta del camino. Hasta el punto de que el espantapájaros tuvo que llamarla para que lo ayudara a levantarse.

—¿Por qué no has rodeado el hoyo? —preguntó el leñador de hojalata.

—Porque no puedo pensar ni siquiera eso —contestó el espantapájaros alegremente—. Tengo la cabeza rellena de paja, ¿sabes?, y por eso voy a Oz a pedirle un poco de cerebro.

—¡Ah, ya comprendo! —dijo el leñador de hojalata—. Aunque, de todos modos, el cerebro no es lo mejor del mundo.

—¿Tú tienes cerebro? —preguntó el espantapájaros.

—No, tengo la cabeza hueca —contestó el leñador—, pero hubo un tiempo en que tenía cerebro, y corazón también. Por eso, como he probado las dos cosas, prefiero mucho más tener corazón.

—¿Y cómo es eso? —preguntó el espantapájaros.

—Voy a contarte lo que me pasó, y así lo sabrás.

Y, mientras avanzaban por el bosque, el leñador de hojalata les relató lo siguiente:

—Soy hijo de un leñador que se ganaba la vida vendiendo los árboles que talaba en el bosque. Cuando me hice mayor, también me convertí en talador de árboles y, cuando murió mi padre, me quedé cuidando a mi anciana madre el resto de su vida. Después, decidí que en vez de vivir solo me casaría para no convertirme en un solitario.

»Conocí a una muchacha munchkina tan bonita que me enamoré de ella enseguida y le entregué mi corazón. Ella me prometió que nos casaríamos tan pronto como yo ganase suficiente dinero para construirle una casa mejor; de modo que me puse a trabajar como nunca. Pero la muchacha vivía con una vieja que no quería que ella se casara con nadie, porque era tan perezosa que pretendía que la muchacha se quedara con ella y le hiciera la comida y el trabajo doméstico. Así pues, la vieja fue a ver a la malvada bruja del este y le prometió dos ovejas y una vaca si impedía el matrimonio. Entonces, la bruja malvada me encantó el hacha y, un día, cuando talaba con gran ahínco, porque ansiaba tener esposa y un nuevo hogar lo antes posible, el hacha se me resbaló de las manos y me cortó la pierna izquierda.

»Al principio me pareció una gran desgracia, porque sabía que un hombre con una sola pierna no podía ser buen leñador. Así pues, fui a ver al hojalatero y le pedí que me hiciera una pierna nueva de hojalata. La pierna funcionaba muy bien, en cuanto me acostumbré a ella, pero la malvada bruja del este se enfadó conmigo, pues había prometido a la vieja que no me casaría con la bonita muchacha munchkina. Cuando empecé a talar otra vez, el hacha encantada se me resbaló y me cortó la pierna derecha. Más tarde me cortó los brazos, uno primero y el otro después, pero yo no me arredré y fui a que me los pusieran de hojalata. Pero la bruja malvada hizo que el hacha se me resbalara una vez más y me cortara la cabeza; entonces creí que mi vida había concluido. Pero casualmente pasó el hojalatero por allí y me hizo una cabeza nueva de hojalata.

»Pensé que había vencido a la bruja malvada y seguí trabajando más que nunca; pero no sabía lo cruel que podía llegar a ser mi enemiga porque, poco después, discurrió otra forma de matar mi amor por la bella doncella munchkina: hizo que el hacha se me volviera a resbalar y me cortara el cuerpo por la mitad. Una vez más, el hojalatero acudió en mi ayuda, me hizo un cuerpo de hojalata y me acopló los brazos, las piernas y la cabeza de hojalata con unas bisagras, de modo que me movía tan bien como siempre. ¡Pero, ay! No tenía corazón, y entonces perdí todo el amor que sentía por la muchacha munchkina y ya no me importaba casarme con ella o no. Supongo que seguirá viviendo con la vieja, esperando a que vaya a buscarla.

»Mi cuerpo brillaba tanto al sol que me sentía muy orgulloso y no me preocupaba que el hacha se me resbalara, porque ya no podía cortarme. Solo me acechaba un peligro: que se me oxidaran las bisagras; pero guardaba una aceitera en mi cabaña y procuraba engrasarme siempre que me hacía falta. Sin embargo, un día se me olvidó, me sorprendió una tormenta y, antes de pensar siquiera en el peligro que corría, ya se me habían oxidado las juntas, y me quedé inmóvil en el bosque hasta que llegasteis vosotros a ayudarme. Ha sido terrible, pero, en el año entero que he estado ahí quieto, he tenido tiempo de pensar que la mayor pérdida que he sufrido ha sido la del corazón. Cuando estaba enamorado, era el hombre más feliz de la Tierra, pero no se puede amar si no se tiene corazón, y por eso estoy decidido a pedir a Oz que me dé uno. Si me lo da, volveré a buscar a la doncella munchkina para casarme con ella.

Tanto Dorothy como el espantapájaros escucharon con mucho interés el relato del leñador de hojalata, y así supieron por qué le interesaba tanto un corazón nuevo.

—De todos modos —dijo el espantapájaros—, yo pediré un cerebro, no un corazón, porque un necio no sabría qué hacer con uno, si lo tuviera.

—Yo pediré el corazón —contestó el leñador de hojalata—, porque el cerebro no da la felicidad, y la felicidad es lo mejor del mundo.

Dorothy no dijo nada porque no sabía cuál de sus dos amigos tenía razón, y pensó que, si pudiera regresar a Kansas con tía Em, ya no le importaría mucho que el leñador no tuviera cerebro y el espantapájaros no tuviera corazón, o que cada uno tuviera lo que deseaba.

Lo que más le preocupaba era el poco pan que había, pues en la siguiente comida, entre Totó y ella terminarían de vaciar la cesta. Desde luego, ni el leñador ni el espantapájaros comían nunca, pero ella no era de hojalata ni de paja, y no podía vivir sin alimentarse.

6

EL LEÓN COBARDICA

Entretanto, Dorothy y sus compañeros habían seguido andando por el frondoso bosque. El camino todavía era de adoquines amarillos, pero en esa parte estaban cubiertos de ramas secas y hojas caídas de los árboles, y no resultaba fácil caminar.

Era el paraje del bosque donde había menos pájaros, porque a los pájaros les gusta más el campo abierto, donde el sol llega a todas partes; pero de vez en cuando se oía un gruñido grave de alguna fiera escondida entre los árboles. Esos sonidos aceleraban los latidos del corazón de la niña porque no sabía de dónde provenían; pero Totó sí, y avanzaba cerca de Dorothy, a su lado, sin atreverse a responder con ladridos siquiera.

—¿Cuánto falta para salir del bosque? —preguntó al leñador de hojalata.

—No lo sé —le respondió este—, porque nunca he ido a la Ciudad Esmeralda. Sin embargo, mi padre fue una vez, cuando yo era pequeño, y dijo que era un viaje muy largo por un país peligroso, aunque, cuando uno se acerca a la ciudad donde vive Oz, el campo es precioso. Pero yo no tengo miedo mientras lleve la aceitera, nada puede hacer daño al espantapájaros y tú, como llevas en la frente la señal del beso de la bruja buena, estás protegida de todo mal.

—Pero ¿y Totó? —replicó la niña con inquietud—, ¿qué le protege a él?

—Tenemos que protegerlo nosotros si se encuentra en peligro —contestó el leñador de hojalata.

En ese preciso momento, se oyó en el bosque un rugido terrible y, al instante, un gran león saltó al camino. De un zarpazo mandó al espantapájaros a la otra orilla dando vueltas y vueltas, y después golpeó al leñador de hojalata con sus afiladas garras. Pero, para su gran asombro, no logró hacerle ni un rasguño, aunque el leñador se cayó al suelo y se quedó quieto.

El pequeño Totó, al verse por fin frente a un enemigo, echó a correr ladrando hacia él. La gran bestia abrió la boca para morderlo y Dorothy, temiendo por la vida de Totó y sin pensar en el peligro, se lanzó hacia delante y abofeteó al león en el hocico con toda la fuerza que pudo, al tiempo que gritaba:

—¡No te atrevas a morder a Totó! ¡Un animalote grandullón como tú, morder a un pobre perrito tan pequeño!

—No lo he mordido —dijo el león, mientras se frotaba el hocico con la pata allí donde Dorothy le había pegado.

—No, pero ibas a morderlo —le contestó—. No eres más que un grandullón cobardica.

—Ya lo sé —dijo el león agachando la cabeza, avergonzado—. Lo he sabido siempre. Pero ¿cómo podría evitarlo?

—No lo sé, te lo aseguro. ¡Pensar que has golpeado a un hombre hecho de relleno de paja, como el pobre espantapájaros...!

—¿Es de relleno? —preguntó el león sorprendido, mirando a Dorothy, que recogía al espantapájaros, lo ponía de pie y lo mullía un poco para devolverle su forma.

—Claro que es de relleno —contestó Dorothy enfadada aún.

—Por eso ha salido volando con tanta facilidad —observó el león—. Me he asombrado al ver que daba tantas vueltas en el aire. ¿Y el otro también es de relleno?

—No —dijo Dorothy—, es de hojalata. —Y ayudó al leñador a ponerse de pie.

—Por eso casi me despunta las uñas —dijo el león—. Al arañar la hojalata, me ha dado un escalofrío por toda la espalda. ¿Qué es ese animalito con el que estás tan encariñada?

—Es mi perro Totó —contestó Dorothy.

—¿Es de hojalata o de relleno? —preguntó el león.

—Ninguna de las dos cosas. Es un... un... un perro de carne y hueso —dijo la niña.

—¡Ah! Curioso animal, y es verdaderamente pequeño, ahora que me fijo bien. A nadie se le ocurriría morder a una cosita tan chiquita, excepto a un león cobarde como yo —siguió diciendo el león entristecido.

—¿Y por qué eres cobarde? —preguntó Dorothy, mirando al enorme animal con asombro, porque era tan grande como un caballo pequeño.

—Es un misterio —replicó el león—. Supongo que nací así. Todos los demás animales del bosque esperan que sea valiente, claro, porque en todas partes creen que el león es el rey de los animales. Aprendí que si rugía con mucha fuerza, todos los seres vivos se asustaban y se apartaban de mi camino. Cada vez que me encuentro con un hombre, me entra un miedo espantoso, pero le rujo y siempre huye lo más rápido que puede. Si los elefantes, los tigres y los osos hubieran intentado luchar conmigo alguna vez, seguro que yo también habría salido huyendo..., soy tan cobarde..., pero en cuanto me oyen rugir, todos huyen de mí, y claro, tengo que dejarles marchar.

—Pero eso no está bien. El rey de los animales no tendría que ser cobarde —dijo el espantapájaros.

—Ya lo sé —replicó el león, secándose una lágrima de los ojos con la punta de la cola—, ese es mi gran pesar, y por eso soy tan desgraciado. Pero en cuanto hay peligro, el corazón empieza a latirme muy deprisa.

—A lo mejor tienes la enfermedad del corazón —dijo el leñador de hojalata.

—A lo mejor —contestó el león.

—Pues, en ese caso —prosiguió el leñador de hojalata—, deberías alegrarte porque significa que tienes corazón. En cambio, yo no lo tengo, y así no puedo tener la enfermedad del corazón.

—A lo mejor —dijo el león pensativamente—, si no tuviera corazón no sería tan cobarde.

—¿Tienes cerebro? —preguntó el espantapájaros.

—Supongo que sí. Nunca lo he comprobado —contestó el león.

—Yo voy al gran Oz a pedirle que me dé un poco de cerebro —comentó el espantapájaros—, porque tengo la cabeza llena de paja.

—Y yo voy a pedirle que me dé un corazón —dijo el leñador.

—Y yo voy a pedirle que nos mande a Totó y a mí otra vez a Kansas —añadió Dorothy.

—¿Creéis que Oz podría darme valor? —preguntó el león cobardica.

—Con la misma facilidad con que puede darme cerebro a mí —dijo el espantapájaros.

—O corazón a mí —dijo el leñador de hojalata.

—O a mí mandarme a Kansas —dijo Dorothy.

—En ese caso, si no os importa, voy con vosotros —dijo el león—, porque mi vida es sencillamente insoportable sin un poco de valor.

—Pues estamos encantados —contestó Dorothy—, porque nos ayudarás a espantar a las demás fieras salvajes. Me parece que deben de ser más cobardicas que tú, si se asustan tan fácilmente.

—En realidad sí que lo son —dijo el león—, pero no por eso soy yo más valiente y, mientras sepa que soy un cobarde, seré un desgraciado.

Y una vez más, el pequeño grupo reanudó el viaje, con el león avanzando con pasos majestuosos al lado de Dorothy. Al principio, a Totó no le gustó nada el nuevo compañero, porque no podía olvidar que había estado a punto de ser aplastado por sus poderosas fauces, pero al cabo de un rato se tranquilizó y, al final, Totó y el león cobardica se hicieron buenos amigos.

Durante el resto de aquel día, ninguna aventura más estropeó la paz del viaje. Aunque, en un momento de la jornada, el leñador de hojalata pisó un escarabajo que se arrastraba por el camino y mató al pobre bicho. Eso le puso muy triste, porque siempre tenía mucho cuidado de no hacer daño a ningún ser vivo; y, mientras andaba, se le cayeron unas cuantas lágrimas de pena y remordimiento. Las lágrimas le fueron resbalando despacio por la cara hasta llegar a las bisagras de la mandíbula y se las oxidaron. Al cabo de un rato, cuando Dorothy le hizo una pregunta, el leñador de hojalata no podía abrir la boca, porque se le había quedado fuertemente cerrada a causa del óxido. El leñador se asustó mucho al verlo y empezó a hacer gestos a Dorothy para que lo ayudase, pero la niña no le entendía. El león tampoco entendía lo que ocurría. Pero el espantapájaros sacó rápidamente la aceitera de la cesta de Dorothy, engrasó la mandíbula al leñador y, unos momentos después, ya podía hablar tan bien como antes.

—Que me sirva de lección —dijo el leñador— para mirar por dónde piso. Porque si aplasto a otro bicho o a otro escarabajo, seguro que volveré a llorar, las lágrimas me oxidarán de nuevo las mandíbulas y no podré hablar.

Después de ese suceso, siguieron andando con mucho cuidado por el camino. El leñador de hojalata sabía muy bien que no tenía corazón, y por eso mismo ponía gran cuidado en no ser cruel ni maligno con nada.

—Vosotros, los que tenéis un corazón con que guiaros —dijo—, no tenéis por qué hacer daño nunca a nadie. En cambio, a mí me falta y por eso tengo que andar con mucho cuidado. Claro que, cuando Oz me dé el corazón, ya no tendré que preocuparme tanto.

7

VIAJE AL GRAN OZ

Aquella noche se vieron obligados a acampar al raso, debajo de un gran árbol del bosque, porque no había casas por allí cerca. El árbol les proporcionó un buen cobijo que les protegía del rocío, el leñador cortó un montón de leña con el hacha y Dorothy encendió una espléndida hoguera que la calentó y le hizo sentirse menos sola. Totó y ella comieron el último mendrugo de pan. Dorothy no sabía cómo se las arreglarían para desayunar.

—Si quieres —dijo el león—, voy al bosque y mato un ciervo para ti. Lo puedes asar en la hoguera, ya que tenéis un gusto tan raro que preferís la carne cocinada, y así tendrás un buen desayuno.

—¡No, por favor, no vayas! —le rogó el leñador de hojalata—. Seguro que me pondría a llorar si mataras a un pobre ciervo, y entonces se me oxidarían las mandíbulas otra vez.

Pero el león se adentró en el bosque y encontró desayuno para sí mismo, y nadie supo jamás en qué había consistido porque él no lo dijo. El espantapájaros encontró un avellano cargado de avellanas y llenó la cesta de Dorothy, para que no tuviera hambre durante mucho tiempo. A ella le pareció un detalle muy amable y considerado por parte del espantapájaros, pero la forma en que la pobre criatura recogía las avellanas le hizo reírse de todo corazón. Entre la torpeza de las manos almohadilladas y el tamaño de las avellanas, casi se le caían tantas como guardaba en la cesta. Pero al espantapájaros no le importaba lo que tardase en llenar la cesta, porque, entretanto, estaba lejos del fuego, que tanto miedo le daba por si le saltaba una chispa y se quemaba entero. Así que se mantuvo alejado de las llamas y no volvió a acercarse hasta que Dorothy se durmió, y él acudió a taparla con una capa de hojas secas. Entre las hojas, Dorothy durmió como un tronco, cómoda y calentita, hasta por la mañana.

Cuando salió el sol, la niña se lavó la cara en un riachuelo ondulante y enseguida se pusieron todos en camino hacia la Ciudad Esmeralda.

Ese día, los viajeros tendrían una jornada repleta de incidentes. Apenas llevaban una hora andando cuando vieron ante ellos una gran zanja que cruzaba el camino y dividía el bosque hasta donde la vista alcanzaba por ambos lados.

Era una zanja muy ancha, y cuando se acercaron al borde y miraron abajo, vieron que además era muy honda, con muchas rocas grandes y picudas en el fondo. Los lados eran tan empinados que ninguno de ellos podía escalarlos y, por un momento, creyeron que el viaje se había terminado.

—¿Qué hacemos? —preguntó Dorothy con desesperación.

—No tengo la menor idea —dijo el leñador de hojalata. El león sacudió su peluda melena y se quedó pensativo.

Pero el espantapájaros dijo:

—No podemos volar, eso es cierto; tampoco podemos descender al fondo de esta honda zanja. Por lo tanto, si no podemos saltarla, tenemos que detenernos donde estamos.

—Creo que yo podría saltarla —dijo el león cobardica, tras calcular la distancia cuidadosamente a ojo de buen cubero.

—Entonces, no pasa nada —contestó el espantapájaros—, porque nos puedes llevar a todos en el lomo, uno por uno.

—Bien, vamos a intentarlo —dijo el león—. ¿Quién es el primero?

—Yo —dijo el espantapájaros— porque, si resulta que no puedes saltar por encima del precipicio, Dorothy se mataría y el leñador de hojalata se abollaría mucho contra los picos del fondo. Pero si soy yo el que va en tu lomo, no importará porque no me haré daño aunque me caiga.

—A mí también me da mucho miedo caerme —dijo el león cobardica—, pero parece que no nos queda más remedio que intentarlo. Así que, monta en mi lomo y vamos a probar.

El espantapájaros se montó en el lomo del león y el gran animal se acercó al borde del precipicio y se agazapó.

—¿Por qué no coges carrerilla para dar el salto? —preguntó el espantapájaros.

—Porque los leones no saltamos así —contestó. Entonces, con un fuerte impulso, salió disparado por el aire y aterrizó sano y salvo en el otro lado. Todos se pusieron muy contentos al ver lo fácil que había sido y, después de que el espantapájaros se apeara de su lomo, el león volvió a saltar la zanja. Dorothy pensaba que la siguiente tenía que ser ella, así que cogió a Totó en brazos, se subió al lomo del león y se sujetó bien fuerte a la melena con una mano. Un instante después, le pareció que volaba por el aire; y entonces, sin tiempo siquiera para pensarlo, se encontró a salvo en el otro lado. El león volvió por tercera vez a buscar al leñador de hojalata, y luego se sentaron todos un rato para que el animal descansara un poco, porque los enormes saltos le habían dejado casi sin respiración y jadeaba como un perrazo que hubiera corrido más de la cuenta.

En el otro lado, el bosque era muy espeso, oscuro y tenebroso. Después de que el león descansara, reanudaron el viaje por el camino de adoquines amarillos preguntándose en silencio, cada cual para sí, si llegarían al final del bosque y saldrían a la luz del sol otra vez. Para mayor inquietud, empezaron a oír ruidos extraños en las profundidades del bosque, y el león les dijo en un murmullo que los kalidahs vivían en esa zona.

—¿Qué son los kalidahs? —preguntó la niña.

—Son bestias monstruosas con cuerpo de oso y cabeza de tigre —contestó el león—, y con unas garras tan largas y afiladas que me podrían partir en dos tan fácilmente como podría yo matar a Totó. Los kalidahs me dan muchísimo miedo.

—No me extraña —dijo Dorothy—. Deben de ser unas fieras tremendas.

El león iba a contestar cuando, de repente, llegaron a otro abismo que se abría en el camino; pero era tan ancho y profundo que el león supo inmediatamente que no podría cruzarlo de un salto.

Así pues, se sentaron a considerar lo que debían hacer y, después de mucho pensar, el espantapájaros dijo:

—Aquí hay un árbol muy grande, cerca del abismo. Si el leñador de hojalata puede talarlo de modo que caiga hasta el otro lado, pasaremos por encima del árbol sin problemas.

—¡Una idea de primera categoría! —replicó el león—. Casi se diría que tienes cerebro en la cabeza, y no paja.

El leñador se puso manos a la obra inmediatamente; el hacha estaba tan afilada que no tardó en cortar el tronco casi del todo. Entonces, el león apoyó sus potentes patas delanteras contra el árbol y empujó con todas sus fuerzas. Poco a poco, el gran árbol se inclinó y cayó con estrépito hacia el otro lado del abismo, hasta que las ramas más altas se apoyaron en la orilla opuesta.

Acababan de empezar a cruzar este puente tan singular cuando un gruñido cortante les hizo volver la mirada a todos y, horror de los horrores, vieron a dos bestias enormes con cuerpo de oso y cabeza de tigre que corrían hacia ellos.

—¡Son kalidahs! —gritó el león cobardica, temblando.

—¡Rápido! —gritó el espantapájaros—. ¡Crucemos!

Dorothy pasó la primera, con Totó en brazos; detrás iba el leñador de hojalata y después el espantapájaros. El león, aunque de verdad tenía un miedo cerval, se volvió para enfrentarse a los kalidahs y, entonces, lanzó un rugido tan fuerte y atroz que Dorothy gritó y el espantapájaros se cayó de espaldas, mientras que las temibles bestias se detenían en seco y miraban al león sorprendidas.

Pero los kalidahs, al ver que ellos eran de mayor tamaño que el león y acordándose de que eran dos contra uno, reanudaron la carrera. El león cruzó por el árbol y se volvió a mirar lo que hacían. Sin detenerse un instante, los monstruos feroces también empezaron a cruzar por el tronco, y el león dijo a Dorothy:

—Estamos perdidos, porque seguro que nos destrozan con sus afiladas garras. Pero quédate cerca de mí, porque lucharé contra ellos mientras siga vivo.

—¡Espera un minuto! —dijo el espantapájaros, que había estado pensando en qué era lo mejor que se podía hacer. Entonces, pidió al leñador que cortara la parte del árbol que se apoyaba en el borde del abismo donde ellos estaban. El leñador de hojalata empezó a manejar el hacha inmediatamente y, justo cuando los dos kalidahs llegaban ya, el árbol cayó con estrépito al fondo y arrastró consigo a las dos bestias feas y gruñonas, que se estrellaron contra las afiladas rocas del fondo.

—Bien —dijo el león cobardica soltando un largo suspiro de alivio—, parece que vamos a vivir un poco más, y me alegro mucho, porque debe de ser muy incómodo no estar vivo. Esos animales me han dado tal susto que todavía tengo el corazón acelerado.

—¡Ah! —dijo el leñador de hojalata con tristeza—. ¡Ojalá tuviera yo un corazón que se acelerase!

Después de esta aventura, los viajeros tenían más ganas que nunca de salir del bosque, y siguieron andando tan rápido que Dorothy se cansó y tuvo que montar a lomos del león. Para alegría de todos, el follaje empezó a aclararse a medida que avanzaban y, por la tarde, llegaron de pronto a un río ancho que corría velozmente. En la otra orilla, se veía el camino de adoquines amarillos, que recorría unos campos preciosos con prados verdes salpicados de flores de vivos colores, todo bordeado de árboles cargados de apetitosa fruta. Se alegraron mucho al ver un paisaje tan hermoso delante de ellos.

—¿Cómo vamos a cruzar el río? —preguntó Dorothy.

—Eso está hecho —contestó el espantapájaros—. El leñador de hojalata tiene que construirnos una balsa, y así pasaremos flotando a la otra orilla.

Inmediatamente, el leñador empuñó el hacha y empezó a cortar árboles pequeños para construir la balsa y, mientras él trabajaba, el espantapájaros encontró en la orilla del río un árbol cargado de fruta madura. Dorothy se alegró mucho porque no había comido nada más que avellanas en todo el día, y se dio un buen atracón de fruta fresca.

Pero construir una balsa requiere tiempo, aunque se sea tan trabajador e incansable como el leñador de hojalata y, cuando se hizo de noche, el trabajo no estaba terminado. Entonces buscaron un lugar acogedor debajo de los árboles y allí durmieron hasta por la mañana. Dorothy soñó con la Ciudad Esmeralda y con el buen mago de Oz, que enseguida la mandaría a su casa por fin.

8

EL CAMPO MORTAL DE AMAPOLAS

Nuestro pequeño grupo de viajeros se despertó a la mañana siguiente fresco y lleno de esperanza, y Dorothy desayunó, como una princesa, melocotones y ciruelas de los árboles de la orilla del río. Atrás quedaba el bosque oscuro del que habían salido sanos y salvos, aunque en algunos momentos se habían desanimado; pero ante ellos se extendía ahora un paisaje soleado y precioso que parecía invitarlos a continuar hasta la Ciudad Esmeralda.

Claro está que el ancho río los separaba todavía de esa tierra hermosa; pero la balsa ya estaba casi terminada y, en cuanto el leñador de hojalata terminó de cortar unos pocos troncos más y los unió con estaquillas de madera, se dispusieron a continuar. Dorothy se sentó en el centro con Totó en brazos. Cuando el león cobardica saltó a la balsa, la inclinó peligrosamente, porque era un animal grande y pesaba mucho. El espantapájaros y el leñador de hojalata se colocaron enseguida en el otro lado para equilibrarla y, con unas pértigas largas en la mano, empezaron a impulsarse por el agua.

Al principio, todo marchaba bien, pero cuando llegaron al centro, la rápida corriente empezó a llevarse la balsa río abajo, cada vez más lejos del sendero de adoquines amarillos; y el cauce era tan profundo que las largas pértigas no encontraban el fondo.

—Mal asunto —dijo el leñador de hojalata—, porque si no alcanzamos la otra orilla, la corriente nos llevará hasta el país de la malvada bruja del oeste, y nos hará un encantamiento que nos convertirá en esclavos suyos.

—Y me quedaré sin cerebro —dijo el espantapájaros.

—Y yo me quedaré sin valor —dijo el león cobardica.

—Y yo me quedaré sin corazón —dijo el leñador de hojalata.

—Y yo jamás volveré a Kansas —dijo Dorothy.

—Efectivamente, tenemos que llegar a la Ciudad Esmeralda si podemos —añadió el espantapájaros, y siguió empujando con tanta fuerza con la larga pértiga que la hundió en el barro del fondo del río y, antes de poder sacarla otra vez o soltarla, la corriente arrastró la balsa río abajo y el pobre espantapájaros se quedó colgado de la pértiga en medio del río.

—¡Adiós! —les gritó, y los demás sintieron mucho tener que dejarlo allí. Tanto es así que el leñador de hojalata empezó a llorar, pero por suerte, se acordó de que podía oxidarse y enseguida se secó las lágrimas con el delantal de Dorothy.

Lógicamente, la situación no era buena para el espantapájaros.

«Ahora estoy peor que cuando conocí a Dorothy —pensó—. En aquel momento, estaba colocado en lo alto de un palo en medio de un maizal, donde fingía espantar a los pájaros, aunque no sé cómo; pero seguro que de nada sirve un espantapájaros encaramado en un palo en medio de un río. ¡Mucho me temo que no conseguiré jamás tener cerebro!».

La balsa se alejaba río abajo y el pobre espantapájaros se quedó solo muy atrás. Entonces el león dijo:

—Hay que hacer algo para salvarnos. Creo que puedo llegar nadando a la otra orilla arrastrando la balsa conmigo, solo tenéis que agarraros bien fuerte de mi cola.

Entonces, saltó al agua y, cuando empezó a nadar hacia la orilla con todas sus fuerzas, el leñador lo agarró fuertemente por la cola; pero no era nada fácil, aunque el león fuese tan grande. Aun así, poco a poco fueron saliendo de la corriente y entonces Dorothy cogió la larga pértiga del leñador de hojalata y ayudó a empujar la balsa a tierra.

Estaban todos muy cansados cuando por fin llegaron a la orilla y pisaron la mullida hierba verde, y también sabían que la corriente los había alejado mucho del camino de adoquines amarillos que llevaba a la Ciudad Esmeralda.

—¿Y ahora qué vamos a hacer? —preguntó el leñador de hojalata, mientras el león se tumbaba en la hierba a secarse al sol.

—Tenemos que volver al camino, como sea —dijo Dorothy.

—Lo mejor será volver andando por la orilla del río hasta que lo encontremos —dijo el león.

Y, después de descansar, Dorothy recogió la cesta y todos se pusieron en marcha por la herbosa orilla, de vuelta al camino del que los había alejado el río. El paisaje era precioso, estaba cuajado de flores y árboles frutales con un sol que daba gusto. De no haber lamentado tanto lo del pobre espantapájaros, se habrían puesto muy contentos.

Anduvieron por la orilla tan rápido como pudieron, Dorothy solo se detenía de vez en cuando a coger una flor bonita. Al cabo de un rato, el leñador de hojalata gritó:

—¡Mirad!

Entonces, miraron todos hacia el río y vieron al espantapájaros encaramado en la pértiga en medio del agua, muy triste y solitario.

—¿Cómo podemos salvarlo? —preguntó Dorothy.

El león y el leñador de hojalata no lo sabían y bajaron la cabeza. Así pues, se sentaron en la orilla a mirar con nostalgia al espantapájaros, hasta que pasó una cigüeña volando, que, al verlos, se detuvo a descansar a la orilla del agua.

—¿Quiénes sois y adónde vais? —les preguntó.

—Yo soy Dorothy —contestó la niña—, y estos son mis amigos: el leñador de hojalata y el león cobardica. Nos dirigimos a la Ciudad Esmeralda.

—El camino no es por aquí —dijo la cigüeña, y los miró con severidad torciendo su largo cuello.

—Ya lo sabemos —contestó Dorothy—, pero hemos perdido al espantapájaros y estábamos pensando cómo recuperarlo.

—¿Dónde está? —preguntó la cigüeña.

—Allá, en el río —contestó la niña.

—Si no fuese tan grande y no pesara tanto, os lo traería yo aquí —replicó la cigüeña.

—No pesa nada —replicó Dorothy enseguida—, porque está relleno de paja y, si nos lo devuelves, te lo agradeceremos muchísimo toda la vida.

—Bueno, voy a intentarlo —dijo la cigüeña—, pero si veo que pesa mucho, tendré que dejarlo otra vez en el agua.

Entonces, el gran pájaro levantó el vuelo sobre el río y se acercó a la pértiga donde estaba encaramado el espantapájaros. Luego lo agarró del brazo con sus fuertes garras y lo llevó por el aire hasta la orilla, donde Dorothy, el león, el leñador de hojalata y Totó esperaban sentados.

Cuando el espantapájaros se encontró de nuevo entre sus amigos, se alegró tanto que los abrazó a todos, incluso al león y a Totó; y, mientras andaban, cantaba «Tra-la-ri-la-ró» a cada paso, de tan contento que estaba.

—Pensaba que tendría que quedarme en el río para siempre —dijo—, pero la bondadosa cigüeña me salvó y, si alguna vez llego a tener cerebro, la buscaré y le devolveré el favor.

—Eso está muy bien —dijo la cigüeña, que iba volando al lado del grupo—. Me gusta ayudar cuando alguien está en un apuro. Pero ahora tengo que marcharme porque mis hijitos me aguardan en el nido. Espero que encontréis la Ciudad Esmeralda y que Oz os ayude.

—Gracias —respondió Dorothy, y entonces, la buena cigüeña se elevó en el aire y enseguida la perdieron de vista.

Los amigos siguieron su camino oyendo el canto de los pájaros de vistosos colores y mirando las flores tan bonitas y tan abundantes que tapizaban todo el suelo. Había grandes flores amarillas, blancas, azules y moradas, además de grandes macizos de amapolas de un color tan intenso que casi deslumbraban a Dorothy.

—¡Qué bonitas son! —exclamó la niña, aspirando el fragante aroma de las flores.

—Supongo que sí —contestó el espantapájaros—. Cuando tenga cerebro, probablemente me gustarán más.

—A mí siempre me han gustado las flores —dijo el león—. Me parecen tan indefensas y frágiles... Pero en el bosque no las hay tan luminosas como estas.

Las grandes amapolas escarlatas abundaban cada vez más, mientras que las demás flores iban escaseando; poco después, se encontraron en medio de un gran prado de amapolas. Ahora bien, todo el mundo sabe que cuando hay tantas flores de esa clase juntas, su olor es tan fuerte que quien lo respira se duerme, y si no lo sacan de allí, el olor le hace seguir durmiendo para siempre. Pero Dorothy no lo sabía y no podía alejarse de las luminosas flores rojas que proliferaban por doquier. Pronto empezó a notar un peso tan grande en los párpados que quería sentarse a descansar y a dormir.

Pero el leñador de hojalata no se lo permitió.

—Tenemos que volver enseguida al camino de adoquines amarillos, hay que llegar antes de que anochezca —dijo.

El espantapájaros le dio la razón. Así que siguieron andando hasta que Dorothy no pudo más.

Se le cerraron los ojos sin remedio, se olvidó de dónde se encontraba y se cayó entre las amapolas profundamente dormida.

—¿Qué hacemos? —preguntó el leñador de hojalata.

—Si la dejamos aquí, morirá —dijo el león—. El olor de las flores nos está matando a todos. Yo apenas puedo mantener los ojos abiertos y el perro ya se ha dormido.

Efectivamente, Totó se había desplomado al lado de su ama. Pero al espantapájaros y al leñador de hojalata, como no eran de carne y hueso, no les afectaba el perfume de las flores.

—Corre, vete —dijo el espantapájaros al león—, sal de este campo de flores mortales lo más rápido que puedas. Nosotros llevaremos a la niña, pero si te durmieras tú, no podríamos contigo porque eres muy grande.

Entonces, el león se espabiló y echó a correr lo más velozmente que pudo. Al cabo de un momento ya no se le veía.

—Vamos a hacer una sillita con las manos para llevarla —dijo el espantapájaros. Recogieron a Totó y se lo pusieron a Dorothy en el regazo, luego hicieron una silla con las manos, con los brazos como si fueran en asiento, y se llevaron a la niña dormida entre los dos a través de las amapolas.

Anduvieron mucho rato; parecía que la gran alfombra de flores mortales que los rodeaba no se acabara nunca. Siguieron la curva del río y por fin encontraron a su amigo el león profundamente dormido entre las amapolas. Las flores habían podido con el gran animal, que se había dado por vencido a muy poca distancia del final del campo de amapolas, donde la hierba tierna cubría los hermosos prados de verde.

—No podemos hacer nada por él —dijo el hombre de hojalata con tristeza—, porque pesa demasiado para levantarlo. Tenemos que dejarlo aquí, durmiendo para siempre, y a lo mejor sueña que por fin encuentra el valor.

—Cuánto lo siento —dijo el espantapájaros—. El león era muy buen compañero, para ser tan cobarde. Pero sigamos.

Se llevaron a la niña dormida hasta un lugar bonito, cerca del río y suficientemente lejos del campo de amapolas como para evitar que siguiera respirando el veneno de las flores. Allí la posaron con cuidado sobre la blanda hierba y se quedaron esperando a que la brisa fresca la despertara.

9

LA REINA DE LOS RATONES DE CAMPO

—Ya no podemos estar muy lejos del camino de adoquines amarillos —comentó el espantapájaros, de pie al lado de la niña—, porque casi hemos llegado a donde el río nos arrastró.

El leñador de hojalata estaba a punto de contestar cuando un gruñido grave le hizo volver la cabeza (que se movía perfectamente en su engranaje), y vio a un animal desconocido que se acercaba a ellos dando saltos por la hierba. Se trataba, ciertamente, de un enorme lince amarillo, y el leñador pensó que estaría cazando algo porque tenía las orejas muy pegadas a la cabeza, la boca abierta de par en par enseñando dos filas de dientes tremendos y los ojos rojos brillantes como bolas de fuego. Al acercarse, el leñador de hojalata vio a un ratoncito gris de campo corriendo delante de la fiera y, aunque no tenía corazón, sabía que estaba mal que un lince quisiera matar a una criatura tan graciosa e indefensa.

Entonces, el leñador levantó el hacha y, cuando el lince pasó corriendo, de un solo hachazo le separó la cabeza del cuerpo limpiamente, y cayó rodando a sus pies en dos trozos.

El ratón de campo, una vez libre del enemigo, se detuvo en seco y, acercándose lentamente al leñador, dijo con vocecita chillona:

—¡Ah! ¡Muchas gracias! Muchísimas gracias, de verdad, por haberme salvado la vida.

—No me las des, te lo suplico —replicó el leñador—. Es que no tengo corazón, ¿sabes? Por eso procuro ayudar siempre a los que pueden necesitar una mano amiga, aunque solo sea un ratón.

—¡Solo un ratón! —gritó el animalillo indignado—. ¡Vaya! ¡Yo soy reina...! ¡La reina de todos los ratones de campo!

—¡Ah, caramba! —dijo el leñador haciendo una reverencia.

—Por lo tanto, has realizado una hazaña tan grande como valerosa al salvarme la vida —añadió la reina.

En ese momento, varios ratones acudieron presurosos, tan rápido como les permitían sus cortas patas y, al ver a su reina, exclamaron:

—¡Oh, majestad, creíamos que habíais muerto! ¿Cómo habéis logrado escapar del gran lince?

—E hicieron una reverencia tan profunda a su reina que casi se pusieron de cabeza en el suelo.

—Este curioso hombre de hojalata —contestó ella— ha matado al lince y me ha salvado la vida. De modo que, de ahora en adelante, le serviréis y obedeceréis hasta en el último de sus deseos.

—¡Así será! —gritaron todos los ratones formando un coro agudo. Y después, se dispersaron en todas direcciones porque Totó se había despertado de su sueño y, al ver a tanto ratón a su alrededor, soltó un ladrido de júbilo y de un salto se plantó en medio del grupo. A Totó siempre le había gustado mucho cazar ratones cuando vivía en Kansas, y no le parecía nada malo.

Pero el leñador de hojalata cogió al perrito en brazos y lo sujetó fuerte mientras llamaba a los ratones:

—¡Volved! ¡Volved! Totó no os hará nada.

Al oírlo, la reina de los ratones asomó la cabeza entre unas hierbas y preguntó con voz tímida:

—¿Estás seguro de que no nos morderá?

—No se lo voy a permitir —dijo el leñador—, de modo que no tengáis miedo.

Uno a uno, los ratones regresaron sigilosamente y Totó no volvió a ladrar, aunque intentaba soltarse de los brazos del leñador y le habría mordido, de no haber sabido perfectamente que era de hojalata. Por fin, uno de los ratones mayores habló:

—¿Qué podemos hacer por ti en agradecimiento por haber salvado a la reina? —preguntó.

—Nada, que yo sepa —contestó el leñador.

Pero el espantapájaros, que procuraba pensar todo el tiempo, aunque no podía porque tenía la cabeza llena de paja, dijo rápidamente:

—¡Oh, sí! Podéis salvar a nuestro amigo el león cobardica, que está dormido en el campo de amapolas.

—¡Un león! —gritó la reina—. ¡Qué necedad! ¡Nos comería a todos!

—¡Oh, no! —dijo el espantapájaros—. Este león es cobarde.

—¿De verdad? —preguntó el ratón.

—Él mismo lo dice —contestó el espantapájaros— y, además, nunca se le ocurriría hacer daño a unos amigos nuestros. Si nos ayudáis a salvarlo, prometo que os tratará a todos con mucha amabilidad.

—Muy bien —dijo la reina—, confío en ti. Pero ¿qué podemos hacer?

—¿Hay muchos ratones que os llamen reina y os obedezcan?

—¡Oh, sí! Hay millares —contestó ella.

—Entonces, decid que vayan a buscarlos a todos y que vengan aquí lo antes posible con una cuerda cada uno.

La reina se dirigió a los ratones de su escolta y les dijo que partieran inmediatamente en busca de todo su pueblo. Tan pronto como oyeron las órdenes, los ratones se dispersaron a gran velocidad en todas direcciones.

—Ahora —dijo el espantapájaros al leñador de hojalata—, tienes que ir a esos árboles de la orilla del río y hacer una carreta para llevar al león.

El leñador se fue enseguida a los árboles y empezó a trabajar; no tardó en hacer una carreta con ramas gruesas de los árboles, de las que quitó las hojas y las ramas pequeñas. Las unió unas a otras con estaquillas de madera y sacó las ruedas haciendo rodajas de un tronco grueso. Hizo el trabajo tan rápido y tan bien que, cuando los ratones empezaron a llegar, la carreta estaba lista.

Acudieron de todas partes, y eran millares: ratones grandes, pequeños y medianos, y cada uno traía una cuerda en la boca. Más o menos en ese momento se despertó Dorothy de su largo sueño y abrió los ojos. Le sorprendió mucho encontrarse tumbada en la hierba, con miles de ratones alrededor que la miraban tímidamente. Pero el espantapájaros le contó todo lo que había pasado y, dirigiéndose a la digna ratoncita, le dijo:

—Permíteme que te presente a su majestad, la reina.

Dorothy asintió muy seria con la cabeza y la reina se inclinó levemente; después de lo cual, se hizo bastante amiga de la niña.

El espantapájaros y el leñador empezaron a atar a los ratones a la carreta con las cuerdas que habían traído. Un extremo de la cuerda se lo ataban alrededor del cuello y el otro, a la carreta. Es verdad que la carreta era mil veces más grande que cualquiera de los ratones que iban a tirar de ella, pero cuando todos estuvieron atados, no les costó mucho esfuerzo arrastrarla. Incluso el espantapájaros y el leñador de hojalata acabaron sentándose encima; y estos singulares caballitos se los llevaron en un plis plas hasta el sitio donde estaba dormido el león.

Tras un grande y largo esfuerzo, porque el león pesaba lo suyo, lograron ponerlo encima de la carreta. Inmediatamente, la reina ordenó a su pueblo que empezara a tirar, porque temía que los ratones se quedaran dormidos también si pasaban mucho rato entre las amapolas.

Al principio, los pobres animalillos, a pesar de ser tantos, apenas podían mover la carreta cargada, pero el leñador y el espantapájaros empujaron juntos por detrás y las cosas mejoraron. No tardaron en sacar al león sobre ruedas del lecho de amapolas, y así llegaron a los campos verdes, donde pudo respirar el aire fresco y dulce otra vez, y no el perfume venenoso de las flores.

Dorothy salió a su encuentro y dio las gracias a los ratoncitos por haber salvado de la muerte a su compañero. Había tomado tanto cariño al gran león que se alegraba mucho de que lo hubieran rescatado.

Después, desataron a los ratones de la carreta, estos se dispersaron por la hierba y cada cual se fue a su casa. La reina fue la última que se marchó.

—Si alguna vez nos necesitas de nuevo —dijo la reina—, sal al campo y llámanos. Te oiremos y acudiremos en tu ayuda. ¡Adiós!

—¡Adiós! —contestaron todos, y la reina se marchó corriendo, mientras Dorothy sujetaba con fuerza a Totó para que no la persiguiera ni la asustara.

Después de esto, se sentaron al lado del león a esperar a que se despertase. El espantapájaros llevó a Dorothy unas cuantas piezas de fruta de un árbol cercano y ella se las comió.

10

EL GUARDIÁN DE LAS PUERTAS

El león cobardica tardó un buen rato en despertarse, porque había pasado mucho tiempo entre las amapolas respirando la fragancia mortal, pero al fin abrió los ojos, se cayó de la carreta al darse la vuelta y se alegró mucho de encontrarse vivo todavía.

—Corrí tan velozmente como pude —dijo sentándose y bostezando—, pero las flores fueron más fuertes que yo.

¿Cómo me habéis sacado de allí?

Entonces le hablaron de los ratones de campo y le contaron lo generosos que habían sido al salvarlo de la muerte. El león cobardica se rio y dijo:

—Siempre he creído que soy grande y terrible; sin embargo, unas cosas tan pequeñas como las flores han estado a punto de matarme y unos animalillos tan chiquitos como los ratones me han salvado la vida. ¡Qué extraño es todo esto! Pero, compañeros, ¿qué hacemos ahora?

—Tenemos que seguir andando hasta encontrar otra vez el camino de adoquines amarillos —dijo Dorothy—, y luego continuar hasta la Ciudad Esmeralda.

Y así, con el león completamente fresco y recuperado casi del todo, reanudaron el viaje una vez más disfrutando mucho del paseo por la hierba mullida y fresca; y no tardaron en llegar al camino de adoquines amarillos, por el que retomaron el rumbo a la Ciudad Esmeralda, donde vivía el gran Oz.

El camino era llano y estaba bien adoquinado en ese tramo, y el campo de alrededor era precioso; así pues, los viajeros se alegraron de haber dejado el bosque muy atrás y, con él, los numerosos peligros con que se habían encontrado entre sus tenebrosas sombras.

Una vez más, empezaron a ver cercas levantadas a los lados del camino; pero estaban pintadas de verde y, cuando llegaron a una casita, en la que no podía vivir sino un granjero, también estaba pintada de verde. A lo largo de la tarde, pasaron por otras casitas como la primera y, a veces, salía gente a la puerta y los miraba como si fueran a hacerles alguna pregunta, pero nadie se acercó ni habló con ellos porque el gran león les daba mucho miedo. Todo el mundo iba vestido con un precioso color verde esmeralda y llevaba sombreros picudos como los munchkines.

—Esto debe de ser el país de Oz —dijo Dorothy—, y seguro que estamos cerca de la Ciudad Esmeralda.

—Sí —contestó el espantapájaros—, aquí todo es verde, pero en el país de los munchkines, el azul era el color predilecto, y la gente no parece tan cordial como los munchkines. Me temo que no encontraremos un sitio donde pasar la noche.

—Me gustaría comer algo más que fruta —dijo la niña—, y estoy segura de que Totó está a punto de morirse de hambre. ¡Vamos a parar en la próxima casa a hablar con la gente!

Entonces, cuando llegaron a una granja de buen tamaño, Dorothy se acercó con atrevimiento a la puerta y llamó. Abrió una mujer, pero se asomó lo justo para mirar afuera y dijo:

—¿Qué quieres, niña, y por qué va contigo ese león tan grande?

—Nos gustaría pasar la noche con usted, si nos da permiso —contestó Dorothy—. El león es amigo y compañero mío y no le haría daño a usted por nada del mundo.

—¿Está domesticado? —preguntó la mujer abriendo la puerta un poco más.

—Sí, sí —dijo la niña—, y es muy cobarde, además; o sea, que tiene él más miedo de usted que usted de él.

—Bien —dijo la mujer, después de pensarlo un poco y echar otra mirada al león—, en tal caso, entrad, y os daré algo de cenar y un sitio donde dormir.

Así pues, entraron todos en la casa, donde, aparte de la mujer, había un hombre y dos niños. El hombre se había herido la pierna y estaba tumbado en un sofá en un rincón. Todos se sorprendieron al ver a un grupo tan extraño y, mientras la mujer se ocupaba de poner la mesa, el hombre preguntó:

—¿Adónde vais?

—A la Ciudad Esmeralda —dijo Dorothy—, a ver al gran Oz.

—¡Ah, caramba! —exclamó el hombre—. ¿Estáis seguros de que Oz os recibirá?

—¿Por qué no? —replicó ella.

—Bueno, es que dicen que nunca admite a nadie a su presencia. He estado muchas veces en la Ciudad Esmeralda, un sitio precioso y maravilloso, pero jamás me han permitido ver al gran Oz ni conozco a nadie que lo haya visto nunca.

—¿Es que nunca sale? —preguntó el espantapájaros.

—Nunca. Pasa los días sentado en la gran sala del trono de su palacio y ni siquiera los que le atienden le ven cara a cara.

—¿Y cómo es? —preguntó la niña.

—Qué pregunta tan difícil —dijo el hombre pensativamente—. Verás, Oz es un gran mago y puede adoptar la forma que quiera. Por eso, unos dicen que es como un pájaro; otros, que parece un elefante, y otros dicen que tiene forma de gato. A otros, sin embargo, se les aparece como un hada muy bella o un *brownie,* o de la forma que él quiera. Pero ningún ser vivo sabe cómo es el verdadero Oz en su propia forma.

—Es muy extraño —dijo Dorothy—, pero tenemos que intentar verlo por todos los medios, porque, si no, habremos hecho el viaje en balde.

—¿Por qué queréis ver a Oz el Terrible? —preguntó el hombre.

—Yo quiero que me dé un poco de cerebro —dijo el espantapájaros con entusiasmo.

—Bien, eso no creo que a Oz le cueste mucho esfuerzo —dijo el hombre—. Le sobra cerebro.

—Yo quiero que me dé un corazón —dijo el leñador de hojalata.

—Eso no será problema —continuó el hombre—, porque Oz tiene una gran colección de corazones de todas las formas y tamaños.

—Y yo quiero que me dé valor —dijo el león cobardica.

—Oz tiene una olla enorme llena de valor en la sala del trono —dijo el hombre—, tapada con una bandeja de oro para que no se desborde. Se alegrará de darte un poco.

—Y yo quiero que me mande de vuelta a Kansas —dijo Dorothy.

—¿Dónde está Kansas? —preguntó el hombre sorprendido.

—No lo sé —contestó Dorothy compungida—, pero es mi casa y seguro que está en algún sitio.

—Seguramente. Bueno, Oz es capaz de hacer cualquier cosa, así que supongo que te ayudará a encontrar Kansas. Pero primero tenéis que llegar a verle, y eso será tarea difícil, porque al gran mago no le gusta ver a nadie y, por lo general, se sale con la suya. ¿Y tú, qué quieres? —preguntó entonces a Totó, pero Totó solo movió la cola pues, por extraño que parezca, Totó no sabía hablar.

La mujer los llamó entonces porque la cena estaba servida y se reunieron todos alrededor de la mesa. Dorothy comió unas gachas deliciosas, un plato de huevos revueltos y una bandejita de sabroso pan blanco, y todo le supo muy rico. El león comió unas pocas gachas, pero no le supieron buenas; dijo que estaban hechas de avena y que la avena era comida de caballos, no de leones. El espantapájaros y el leñador de hojalata no comieron nada, pero Totó probó un poco de cada cosa y se alegró de volver a cenar bien después de tantos días. Entonces, la mujer dejó una cama a Dorothy para que durmiera y Totó se tumbó a su lado, con el león vigilando la puerta para que nadie la molestara. El espantapájaros y el leñador de hojalata se quedaron de pie en un rincón, en silencio toda la noche, aunque, naturalmente, no durmieron.

A la mañana siguiente, tan pronto como salió el sol, reanudaron el camino y enseguida vieron un destello verde en el cielo, justo delante de ellos.

—Eso tiene que ser la Ciudad Esmeralda —dijo Dorothy.

Conforme se acercaban, el resplandor se hacía más intenso y vivo y les pareció que por fin llegaban al final del viaje. Sin embargo, hasta la tarde no alcanzaron la gran muralla que rodeaba la ciudad. Era alta y maciza, de un luminoso color verde. Ante la muralla, donde terminaba el camino de adoquines amarillos, había una gran puerta tachonada de esmeraldas que resplandecían tanto al sol que incluso deslumbraban al espantapájaros, y eso que tenía los ojos pintados.

Al lado de la puerta había una campana. Dorothy llamó al timbre y oyó un tintineo argentino en el interior. Entonces, la gran puerta se abrió lentamente; entraron todos y se encontraron con una sala de techo alto y arqueado en cuyas paredes brillaban incontables esmeraldas.

Ante ellos había un hombrecito del mismo tamaño que los munchkines, más o menos. Iba todo vestido de verde, de la cabeza a los pies, y hasta su piel tenía un tono verdoso. A su lado, había una caja verde de buen tamaño.

Al ver a Dorothy y a sus compañeros, el hombre preguntó:

—¿Qué deseáis de la Ciudad Esmeralda?

—Hemos venido aquí a ver al gran Oz —dijo Dorothy.

Al hombre le asombró tanto la respuesta que tuvo que sentarse a pensarla.

—Hace muchos años que nadie me pide ver al mago de Oz —dijo, sacudiendo la cabeza de perplejidad—. Es poderoso y terrible y, si venís aquí con pretensiones vanas o necias, a interrumpir las sabias meditaciones del gran mago, es posible que se enfade y os destruya en un instante.

—Pero no son pretensiones necias ni vanas —replicó el espantapájaros—, son importantes. Y nos han dicho que Oz es un mago bueno.

—Y lo es —dijo el hombre verde—, gobierna la Ciudad Esmeralda con sabiduría y acierto. Pero, con los que mienten o con los que se dirigen a él por curiosidad, es verdaderamente terrible; pocos han osado verle el rostro alguna vez. Soy el guardián de las puertas y, puesto que solicitáis ver al gran Oz, tengo obligación de llevaros a su palacio. Pero antes debéis poneros unos anteojos.

—¿Por qué? —preguntó Dorothy.

—Porque, si no os los ponéis, el resplandor y la grandeza de la Ciudad Esmeralda os dejarán ciegos. Incluso los que viven en la ciudad tienen que llevar los anteojos puestos día y noche. Aquí todo el mundo está encerrado, porque Oz así lo dispuso cuando se construyó la ciudad, y yo soy el único que tiene la llave para abrirles la puerta.

Abrió la caja que tenía al lado y Dorothy vio que estaba llena de anteojos de todas las formas y tamaños. Todos tenían los cristales verdes. El guardián de las puertas buscó un par para Dorothy que le quedara perfectamente y se lo puso para protegerle los ojos. Tenían dos cintas doradas pegadas que se pasaban alrededor de la cabeza hasta la nuca, y allí se ataban con una llavecita que colgaba del extremo de una cadena que el guardián de las puertas llevaba al cuello. Una vez puestos, Dorothy no se los podía quitar aunque quisiera, pero desde luego, no deseaba que la cegase el resplandor de la Ciudad Esmeralda, así que no dijo nada.

Después, el hombre verde puso anteojos al espantapájaros, al leñador de hojalata, al león e incluso a Totó, y a todos se los cerró bien cerrados con la llavecita.

Acto seguido, el guardián de las puertas se puso los suyos y dijo que ya estaba listo para acompañarlos al palacio. Cogió una gran llave dorada de un gancho de la pared, abrió otra puerta y entraron todos por allí siguiendo al guardián por las calles de la Ciudad Esmeralda.

11

LA MARAVILLOSA CIUDAD ESMERALDA DE OZ

Incluso con los ojos protegidos con los anteojos verdes, el brillo de la maravillosa ciudad deslumbraba a Dorothy y a sus compañeros. Las calles estaban bordeadas de casas preciosas de mármol verde tachonadas de esmeraldas relumbrantes por todos lados. El pavimento de la calzada por la que andaban era del mismo mármol verde y las junturas de las losas estaban adornadas con hileras de esmeraldas muy seguidas que brillaban al sol. Los cristales de las ventanas eran verdes y hasta el cielo que cubría la ciudad tenía un reflejo verde; también los rayos del sol eran verdes.

Había mucha gente, hombres, mujeres y niños paseando por allí, y todos vestían ropa verde y tenían la piel verdosa. Miraban con asombro a Dorothy y a su curiosa y variopinta compañía, y los niños se escondían corriendo detrás de sus madres al ver al león; pero nadie les dirigió la palabra. En la calle había muchas tiendas y Dorothy vio que cuanto había en ellas era de color verde. Vendían pirulíes verdes y palomitas de maíz verdes, zapatos verdes, sombreros verdes y toda clase de prendas de vestir verdes. En un puesto, un hombre vendía limonada verde y, cuando unos niños fueron a pagar sus limonadas, Dorothy vio que las pagaban con monedas verdes.

Cafe Esmeralda

Al parecer, no había caballos ni animales de ninguna clase; los hombres transportaban las cosas en carretas verdes de las que ellos mismos tiraban. Todo el mundo parecía feliz, satisfecho y próspero. El guardián de las puertas los condujo por las calles hasta un gran edificio situado exactamente en el centro de la ciudad; era el palacio de Oz, el gran mago, y un soldado vestido de uniforme verde y con una larga barba verde guardaba la puerta.

—Han venido unos forasteros —le dijo el guardián de las puertas—, y solicitan ver al gran Oz.

—Entrad —contestó el soldado—, yo le llevaré el mensaje. Entonces, traspasaron las puertas del palacio y los condujeron a una sala grande con alfombras verdes y un mobiliario de jardín precioso con esmeraldas incrustadas. El soldado pidió a todos que se limpiaran los pies en un felpudo verde antes de entrar en la sala y, cuando se hubieron sentado, les dijo con buenos modales:

—Tened la bondad de poneros cómodos mientras voy a la puerta del salón del trono y digo a Oz que estáis aquí.

Tuvieron que esperar un buen rato a que el soldado volviera. Cuando por fin regresó, Dorothy preguntó:

—¿Has visto a Oz?

—Oh, no —contestó el soldado—, no lo he visto nunca. Estaba sentado detrás de su pantalla y así le he hablado y le he dado vuestro recado. Dice que os concede audiencia, si así lo deseáis, pero solo podéis presentaros de uno en uno y solo verá a uno de vosotros al día. Por lo tanto, como tendréis que quedaros varios días en palacio, voy a daros habitación para que descanséis cómodamente del viaje.

—Gracias —contestó la niña—, es muy amable por parte de Oz.

Entonces el soldado tocó un silbato verde y al punto entró en la sala una joven ataviada con un bonito vestido verde de seda. Tenía un precioso pelo verde y los ojos verdes. Hizo una profunda inclinación ante Dorothy y dijo:

—Sígueme, te enseñaré tu habitación.

Entonces, Dorothy se despidió de todos sus amigos, excepto de Totó, al cual cogió en brazos, y siguió a la joven verde por siete pasillos y tres tramos de escaleras, hasta que llegaron a una estancia de la fachada del palacio. Era la habitación más acogedora del mundo y tenía una cama blanda y cómoda con sábanas verdes de seda y un cubrecamas de terciopelo verde. En el centro había una fuentecita que lanzaba al aire un chorrito de perfume verde que volvía a caer en un recipiente bellísimo de mármol verde labrado. En las ventanas había preciosas flores verdes y una repisa con una fila de pequeños libros verdes. Cuando Dorothy tuvo ocasión de abrir los libros, vio que estaban repletos de estrambóticas ilustraciones verdes tan graciosas que le hicieron reír.

En el armario ropero encontró muchos vestidos verdes de seda, raso y terciopelo, y todos eran exactamente de su talla.

—Siéntete de verdad como en tu casa —dijo la joven verde—, y si deseas cualquier cosa, toca la campanilla. Oz mandará a buscarte mañana por la mañana.

Dejó sola a Dorothy y volvió con los demás para llevarlos a sus habitaciones. Cada uno fue alojado en una zona agradable del palacio. Naturalmente, tanta amabilidad no sirvió de nada en el caso del espantapájaros, porque cuando se encontró solo en su habitación, se quedó de pie en la entrada como un bobo, sin moverse, esperando a la mañana siguiente. Acostarse no le servía para descansar, y tampoco podía cerrar los ojos, así que se pasó la noche mirando a una arañita que tejía su tela en un rincón del techo, como si aquella habitación no fuera una de las más maravillosas del mundo. El leñador de hojalata se tumbó en la cama por la fuerza de la costumbre, pues se acordaba de cuando era de carne y hueso; pero como no podía dormir, estuvo toda la noche moviendo las articulaciones arriba y abajo para mantenerlas en perfecto estado. El león habría preferido un lecho de hojas secas en el bosque y no le gustó estar encerrado en una habitación; pero tenía suficiente sensatez como para no preocuparse por eso, así que se subió a la cama de un salto, se enroscó como un gato y, ronroneando, se durmió en un periquete.

A la mañana siguiente, después del desayuno, la doncella verde fue a buscar a Dorothy y la vistió con uno de los trajes más bonitos, que era de brocado de raso verde. Dorothy se puso encima un delantal verde de seda, ató a Totó un lazo verde alrededor del cuello y juntos desfilaron hacia la sala del trono del gran Oz.

Primero llegaron a un gran vestíbulo donde había muchas damas y caballeros de la corte, todos vestidos con suntuosos ropajes. Esas personas no tenían nada más que hacer que charlar entre sí, pero siempre iban a esperar a las puertas de la sala del trono por la mañana, aunque nunca se les permitía ver a Oz. Cuando entró Dorothy, todos la miraron con curiosidad y uno murmuró:

—¿De verdad vas a contemplar el rostro de Oz el Terrible?

—Sí, claro —contestó la niña—, si es que quiere verme.

—Oh, sí, te verá —dijo el soldado que había llevado el recado al mago—, aunque no le gusta que soliciten verlo. Tanto es así que, al principio, se enfadó y dijo que te mandara al mismo sitio del que habías venido. Después me preguntó cómo eras y, cuando le dije que tenías los zapatos de plata, se interesó mucho. Finalmente, le hablé de la señal de la frente y entonces decidió que te admitiría en su presencia.

En ese instante sonó una campanilla y la joven verde dijo a Dorothy:

—Esa es la señal. Tienes que entrar sola en la sala del trono.

La joven le abrió una puertecilla, Dorothy entró valientemente y se encontró en un lugar maravilloso. Era una sala grande y redonda con el techo alto y arqueado, cuajado de grandes esmeraldas. En el centro del techo había una luz enorme, brillante como el sol, que arrancaba maravillosos destellos a las esmeraldas.

Pero lo que más le llamó la atención fue el gran trono de mármol verde colocado en medio de la sala. Tenía forma de sillón y refulgía de piedras preciosas, como todas las demás cosas. En el centro del sillón había una cabeza enorme sin cuerpo, ni brazos, ni piernas ni nada en que apoyarse. No tenía pelo, pero sí ojos, nariz y boca, y era de mayor tamaño que la cabeza del mayor de los gigantes.

Mientras Dorothy observaba la cabeza con miedo y asombro, los ojos se volvieron despacio hacia ella y la miraron fijamente. Luego, la boca se movió y Dorothy oyó una voz que decía:

—Yo soy Oz, el grande y terrible. ¿Quién eres tú y qué quieres de mí?

La voz era menos terrorífica de lo esperable, tratándose de semejante cabezota, de modo que la niña se armó de valor y contestó:

—Soy Dorothy, la pequeña y dócil. He venido a verlo en busca de ayuda.

Los ojos la miraron pensativos un largo minuto y después la voz dijo:

—¿De dónde has sacado los zapatos de plata?

—De la malvada bruja del este, cuando mi casa se le cayó encima y la mató —contestó.

—¿De dónde has sacado la señal que llevas en la frente? —continuó la voz.

—Es donde me besó la bruja buena del norte cuando se despidió de mí y me mandó a verlo a usted —dijo la niña.

Nuevamente, los ojos se clavaron en ella y vieron que decía la verdad. Después, Oz preguntó:

—¿Qué deseas que haga?

—Que me mande de vuelta a Kansas, donde están mi tía Em y mi tío Henry —contestó de todo corazón—. No me gusta su país, aunque sea tan bonito, y estoy segura de que tía Em estará muy preocupada por mi larga ausencia.

Los ojos hicieron tres guiños, se volvieron hacia el techo y hacia el suelo, y giraron de una forma tan rara que parecía que mirasen a todos lados al mismo tiempo. Por fin, volvieron a mirar a Dorothy.

—¿Por qué tendría que ayudarte? —preguntó Oz.

—Porque usted es fuerte y yo, débil; porque usted es un gran mago y yo soy solo una niña pequeña e indefensa —contestó.

—Pero suficientemente fuerte para haber matado a la malvada bruja del este —dijo Oz.

—Fue por casualidad —contestó Dorothy con sencillez—, no pude evitarlo.

—Bien —dijo la cabeza—, te responderé. No tienes derecho a esperar que te devuelva a Kansas, a menos que, a cambio, hagas lo que yo te pida. En este país, todo el mundo tiene que pagar por cuanto se le da. Si deseas que utilice mis poderes mágicos para mandarte a casa, primero tienes que hacerme un favor. Si me ayudas, yo te ayudaré a ti.

—¿Qué tengo que hacer? —preguntó la niña.

—Matar a la malvada bruja del oeste —contestó Oz.

—¡No puedo! —exclamó Dorothy, muy sorprendida.

—Mataste a la malvada bruja del este y tienes los zapatos de plata, que poseen un poder muy grande. Ahora solamente queda una bruja malvada en este país y, cuando vengas a decirme que está muerta, te mandaré de vuelta a Kansas..., pero no antes.

La niña empezó a llorar porque estaba muy decepcionada. Los ojos volvieron a entornarse y se quedaron mirándola con inquietud, como si el gran Oz supiera que la niña podía ayudarlo si quisiera.

—Jamás he matado a propósito —gimió ella—; y, aunque quisiera matar a la bruja malvada, ¿cómo iba a hacerlo? Si usted, que es grande y terrible, no puede matarla, ¿cómo cree que voy a hacerlo yo?

—No lo sé —contestó la cabeza—, pero ya te he dado mi respuesta y no volverás a ver a tu tío y a tu tía hasta que muera la bruja malvada. No olvides que la bruja es malvada, tremendamente malvada, y hay que matarla. Ahora vete y no vuelvas a verme hasta que hayas cumplido la tarea.

Apesadumbrada, Dorothy salió del salón del trono y regresó adonde el león, el espantapájaros y el leñador de hojalata la esperaban para saber qué le había dicho Oz.

—No tengo esperanza —les dijo con tristeza—, porque Oz no me mandará a casa hasta que mate a la malvada bruja del oeste, y eso jamás podré hacerlo.

Sus amigos lo lamentaron mucho, pero no podían hacer nada por ayudarla, así que la niña se marchó a su habitación y se tumbó en la cama a llorar hasta que se durmió.

A la mañana siguiente, el soldado de las largas patillas verdes fue a buscar al espantapájaros y le dijo:

—Ven conmigo, Oz me ha mandado a buscarte.

Entonces, el espantapájaros lo siguió y fue admitido en la gran sala del trono, y allí vio, sentada en el trono esmeralda, a una dama bellísima ataviada de gasa verde de seda, que llevaba sobre sus verdes tirabuzones una corona de piedras preciosas. De los hombros le salían unas alas de espléndido color, tan sutiles que se movían levemente al menor soplo de aire.

El espantapájaros se inclinó ante tan bello ser con toda la gracia que le permitía su relleno de paja; ella lo miró dulcemente y dijo:

—Yo soy Oz, el grande y terrible. ¿Quién eres tú y qué quieres de mí?

Entonces, el espantapájaros, que esperaba ver la gran cabeza de la que Dorothy había hablado, se quedó perplejo, pero contestó con valentía:

—No soy más que un espantapájaros relleno de paja. Por lo tanto no tengo cerebro, y vengo a rogarle que me ponga un cerebro en el lugar de la paja, y así podré ser tan parecido a un hombre como cualquiera de los que habitan en sus dominios.

—¿Por qué tendría que ayudarte? —preguntó la dama.

—Porque usted tiene sabiduría y poder y nadie más puede ayudarme —contestó el espantapájaros.

—Jamás concedo favores sin recibir nada a cambio —dijo Oz—, pero te prometo lo siguiente. Si matas a la malvada bruja del oeste, te concederé tanto cerebro y de tan buena calidad que serás el hombre más sabio de todo el país de Oz.

—Creía que había pedido a Dorothy que matara a la bruja —dijo el espantapájaros sorprendido.

—Así es. No me importa quién la mate. Pero no te concederé el deseo hasta que la bruja haya muerto. Ahora vete, y no vuelvas en mi busca hasta que te hayas ganado el cerebro que tanto deseas.

El espantapájaros volvió apesadumbrado junto a sus amigos y les contó lo que Oz le había dicho. Dorothy casi no podía creer que el gran Oz no fuera una cabeza como la que había visto ella, sino una dama muy bella.

—De todas maneras —dijo el espantapájaros—, le hace tanta falta un corazón como al leñador de hojalata.

A la mañana siguiente, el soldado de las largas patillas verdes fue a buscar al leñador de hojalata y le dijo:

—Oz me ha mandado a buscarte. Sígueme.

Y el leñador de hojalata lo siguió hasta la gran sala del trono. No sabía si vería a Oz como una dama muy bella o como una cabeza, pero esperaba que fuese una dama muy bella. «Porque —se decía a sí mismo—, si es la cabeza, seguro que no me da un corazón, pues como la cabeza no tiene corazón propio, no sentirá nada por mí. Pero si es la dama bella, le rogaré con todas mis fuerzas que me dé un corazón, porque, según dicen, todas las damas son tiernas de corazón».

Pero cuando el leñador entró en la gran sala del trono, no vio ni una cabeza ni a una dama, porque Oz había adoptado la forma de la bestia más terrible. Era casi tan grande como un elefante y parecía que el trono verde no pudiera con su peso. Tenía cabeza de rinoceronte, pero con cinco ojos en la cara. Cinco largos brazos le salían del cuerpo, y también cinco patas delgadas. Un pelaje tupido y lanudo le cubría el cuerpo entero; no podía uno imaginarse un monstruo más terrorífico. Fue una suerte que el leñador de hojalata no tuviera corazón en esos momentos, porque se le habría acelerado mucho de terror. Sin embargo, como era todo de hojalata, no tuvo ni pizca de miedo, aunque sí que se quedó decepcionado.

—Yo soy Oz, el grande y terrible —dijo la bestia con una voz como un gran rugido—. ¿Quién eres tú y qué quieres de mí?

—Soy leñador y estoy hecho de hojalata. Por lo tanto, no tengo corazón y no puedo amar. Le ruego que me dé un corazón para ser como los demás hombres.

—¿Y por qué tendría que hacerlo? —preguntó la bestia.

—Porque así se lo pido y solo usted puede concedérmelo —contestó el leñador de hojalata.

Oz soltó un gruñido grave al oírlo, pero dijo ásperamente:

—Si de verdad deseas un corazón, tienes que ganártelo.

—¿Cómo? —preguntó el leñador de hojalata.

—Ayuda a Dorothy a matar a la malvada bruja del oeste —replicó la bestia—. Cuando la bruja esté muerta, ven a mí y te daré el corazón más afectuoso, más bondadoso y de mayor tamaño de todo el país de Oz.

Y así, el leñador de hojalata tuvo que volver apesadumbrado junto a sus amigos, y les habló de la terrible bestia que había visto ante él. A todos les asombró que el gran mago pudiera adoptar formas tan variadas, y el león dijo:

—Si cuando yo vaya a verlo es una bestia, rugiré con todas mis fuerzas para asustarlo y me dará cuanto le pida. Pero si es la bella dama, fingiré que salto sobre ella y así doblegaré su voluntad a mis deseos. En cambio, si es la gran cabeza, estará a mi merced porque la echaré a rodar por la sala hasta que me prometa conceder a cada uno su deseo. Así pues, animaos, amigos, porque al final todo saldrá bien.

A la mañana siguiente, el soldado de las largas patillas verdes condujo al león a la gran sala del trono y le invitó a presentarse ante Oz.

El león cruzó la puerta al punto y, mirando alrededor, se llevó una gran sorpresa porque ante el trono había una esfera de fuego tan ardiente y fulgurante que apenas podía mirarla. Lo primero que pensó es que Oz se había incendiado sin querer y se estaba quemando, pero cuando intentó acercarse, el calor era tan intenso que le chamuscó los bigotes y le hizo retroceder temblando casi hasta la puerta.

Entonces, una voz serena y grave salió de la esfera de fuego y dijo las siguientes palabras:

—Yo soy Oz, el grande y terrible. ¿Quién eres tú y qué quieres de mí?

Y el león contestó:

—Soy un león cobardica, todo me da miedo. He venido aquí a pedir que me conceda valor para poder ser de verdad el rey de los animales, como me llaman los hombres.

—¿Por qué tendría que concederte valor? —preguntó Oz.

—Porque usted es el mejor de todos los magos y el único que puede concederme el deseo —contestó el león.

La esfera de fuego ardió implacablemente un rato, y luego, la voz dijo:

—Tráeme la prueba de que la bruja malvada ha muerto y en ese mismo instante te daré valor. Pero mientras la bruja continúe con vida, seguirás siendo cobarde.

Esas palabras enfurecieron al león, pero no fue capaz de contestar nada y, mientras contemplaba en silencio la esfera de fuego, esta se calentó de forma tan insoportable que tuvo que dar media vuelta y salir corriendo de la sala. Se alegró de encontrar a sus amigos esperándolo y les contó la terrible entrevista con el mago.

—¿Qué hacemos ahora? —preguntó Dorothy con tristeza.

—Solo cabe hacer una cosa —contestó el león—: ir al país de los winkies, buscar a la bruja malvada y destruirla.

—Pero ¿y si no podemos? —dijo la niña.

—Entonces, nunca tendré valor —declaró el león.

—Y yo nunca tendré cerebro —añadió el espantapájaros.

—Y yo nunca tendré corazón —dijo el leñador de hojalata.

—Y yo nunca volveré a ver a tía Em y a tío Henry —dijo Dorothy, y empezó a llorar.

—¡Ten cuidado! —exclamó la joven verde—. Las lágrimas se te caerán en el vestido verde de seda y te lo mancharás.

Entonces Dorothy se secó las lágrimas y dijo:

—Bueno, tenemos que intentarlo; pero sé que no quiero matar a nadie, ni siquiera para volver a ver a tía Em.

—Yo voy contigo, pero soy muy cobarde para matar a la bruja —dijo el león.

—Yo también voy —declaró el espantapájaros—, aunque tampoco te seré de gran ayuda porque soy muy necio.

—Yo no tengo corazón ni para hacer daño a una bruja —comentó el leñador de hojalata—, pero si vais, voy con vosotros, desde luego.

Entonces, decidieron iniciar el viaje a la mañana siguiente. El leñador de hojalata afiló el hacha en una piedra verde de amolar y se engrasó debidamente todas las juntas. El espantapájaros se puso paja fresca en el relleno y Dorothy le repasó los ojos con pintura fresca para que viera mejor. La joven verde, que trataba a todos con gran amabilidad, llenó la cesta de Dorothy de cosas ricas de comer y puso a Totó un cascabel en el cuello atado con una cinta verde.

Se acostaron muy temprano y durmieron profundamente hasta el amanecer, cuando los despertaron el canto de un gallo verde que vivía en el patio trasero del palacio y el cacareo de una gallina que había puesto un huevo verde.

12

EN BUSCA DE LA BRUJA MALVADA

El soldado de las largas patillas verdes los condujo por las calles de la Ciudad Esmeralda hasta la garita donde vivía el guardián de las puertas. El oficial les quitó los anteojos, los volvió a guardar en su gran caja y luego, amablemente, abrió la puerta a nuestros amigos.

—¿Qué camino lleva a la malvada bruja del oeste? —preguntó Dorothy.

—No hay camino —contestó el guardián de las puertas—, nadie quiere ir nunca en esa dirección.

—Entonces, ¿cómo vamos a encontrarla? —preguntó la niña.

—Eso es fácil —replicó el hombre—, porque en cuanto sepa que estáis en el país de los winkies, irá a buscaros y os convertirá en sus esclavos.

—A lo mejor no —dijo el espantapájaros—, porque pensamos destruirla.

—¡Ah! En ese caso, todo cambia —dijo el guardián de las puertas—. Nadie la ha destruido hasta ahora, por eso, como es natural, pensé que os haría esclavos suyos, como ha hecho con todos los demás. Pero tened cuidado, porque es malvada y feroz, y a lo mejor no os permite que la destruyáis. Id siempre hacia el oeste, por donde se pone el sol, no tiene pérdida.

Le dieron las gracias, se despidieron de él y, dirigiéndose hacia el oeste, empezaron a caminar por campos de mullida hierba salpicada de margaritas y campanillas. Dorothy todavía llevaba el bonito vestido que se había puesto en el palacio, pero entonces, para su sorpresa, descubrió que ya no era verde, sino blanco puro. La cinta que Totó llevaba al cuello también perdió el color verde y era tan blanca como el vestido de Dorothy.

La Ciudad Esmeralda pronto quedó atrás, en la lejanía. A medida que avanzaban, el terreno iba haciéndose más escabroso y montañoso, no había granjas ni casas en el país del oeste y las tierras no estaban cultivadas.

Por la tarde, el sol les daba de cara con fuerza porque no había árboles que ofrecieran sombra, pero, antes del anochecer, Dorothy, Totó y el león estaban tan cansados que se tumbaron en la hierba y se durmieron, y el leñador y el espantapájaros montaron guardia.

Ahora bien, aunque la malvada bruja del oeste no tenía más que un ojo, este era tan penetrante como un telescopio y lo veía todo. Y así, sentada en la puerta de su castillo, miró alrededor por casualidad y vio a Dorothy dormida y rodeada de sus amigos. Estaban a una gran distancia, pero la bruja malvada se enfadó al verlos en su país, de modo que cogió el silbato de plata que llevaba colgado del cuello y silbó.

Al punto llegó corriendo desde todas las direcciones una manada de grandes lobos. Tenían las patas largas, los ojos fieros y los dientes afilados.

—Id por esos —ordenó la bruja— y hacedlos pedazos.

—¿Es que no vas a convertirlos en tus esclavos? —preguntó el jefe de la manada.

—No —dijo ella—, uno es de hojalata y otro de paja; la tercera es una niña y el cuarto, un león. Ninguno sirve para trabajar, así que ¡reducidlos a papilla!

—Muy bien —dijo el lobo, y se alejó a toda velocidad seguido por sus compañeros.

Afortunadamente, el espantapájaros y el leñador de hojalata estaban completamente despiertos y los oyeron llegar.

—Déjame a mí este combate —dijo el leñador—; ponte detrás de mí y yo me enfrentaré a ellos a medida que vayan llegando.

Blandió el hacha, que tenía muy bien afilada, y, cuando el jefe de la manada se acercó, el leñador dejó caer el brazo y lo degolló, de modo que murió al instante. No bien hubo levantado el hacha de nuevo, otro lobo se acercó y también cayó bajo el filo afilado del arma del leñador de hojalata. Había cuarenta lobos, y cuarenta veces murió un lobo, de modo que al final se formó un gran montón ante el leñador.

Entonces, el leñador dejó el hacha en el suelo y se sentó al lado del espantapájaros, que le dijo:

—Ha sido un combate formidable, amigo.

Esperaron a que Dorothy se despertara a la mañana siguiente. La niña se asustó mucho al ver el gran montón de lobos peludos, pero el leñador de hojalata le contó todo lo sucedido. Ella le dio las gracias por haberlos salvado, se sentó a desayunar y, después, reanudaron el viaje.

Entretanto, esa misma mañana, la bruja malvada salió a la puerta de su castillo y echó un vistazo con su único ojo, que veía muy lejos. Vio muertos a todos sus lobos y a los forasteros viajando todavía por su país. Entonces se enfadó más que antes y tocó el silbato de plata dos veces.

Inmediatamente, una bandada de cuervos silvestres llegó volando hasta ella, y eran tantos que el cielo se oscureció. La bruja malvada le dijo al rey de los cuervos:

—Volad inmediatamente adonde están los forasteros, sacadles los ojos a picotazos y hacedlos picadillo.

Los cuervos silvestres echaron a volar en una gran bandada en busca de Dorothy y sus compañeros. Cuando la niña vio que se acercaban, le entró miedo, pero el espantapájaros dijo:

—Dejadme a mí este combate, tumbaos en el suelo detrás de mí y no os pasará nada.

Se tumbaron todos en el suelo excepto el espantapájaros, que se quedó de pie y estiró los brazos. Cuando los cuervos lo vieron, se asustaron mucho, porque estos pájaros siempre se asustan cuando ven un espantapájaros, y ninguno se atrevió a acercarse. Pero el rey de los cuervos dijo:

—No es más que un hombre de relleno. Voy a picotearle los ojos.

El rey de los cuervos voló hasta el espantapájaros, pero este lo agarró por la cabeza y le retorció el pescuezo hasta que lo mató. Después se acercó otro cuervo y el espantapájaros también le retorció el pescuezo.

Había cuarenta cuervos, y cuarenta veces el espantapájaros retorció un pescuezo, hasta que quedaron todos muertos a su lado. Entonces, dijo a sus compañeros que se levantaran y reanudaron el viaje una vez más. Cuando la bruja malvada volvió a mirar a lo lejos y vio a todos sus cuervos muertos en un montón, agarró la mayor rabieta de su vida y tocó el silbato de plata tres veces.

Al momento empezó a oírse un gran zumbido en el aire y un enjambre de abejas negras llegó volando hasta ella.

—¡Id a buscar a los forasteros y picadles hasta que mueran! —ordenó la bruja, y las abejas dieron media vuelta y emprendieron el vuelo velozmente hasta el lugar por donde Dorothy y sus amigos iban andando. Pero el leñador las había visto llegar y el espantapájaros ya había decidido lo que iban a hacer.

—Sácame la paja y espárcela por encima de la niña, el perrito y el león —dijo al leñador—, así las abejas no les picarán. —El leñador lo hizo enseguida; Dorothy se agachó al lado del león con Totó en brazos y los tres quedaron cubiertos de paja por completo.

Las abejas llegaron y no encontraron a nadie a quien picar, salvo al leñador, de modo que se lanzaron sobre él y clavaron el aguijón contra la hojalata sin hacerle ni un rasguño. Pero las abejas mueren cuando hincan el aguijón, y así murieron todas y cayeron alrededor del leñador como montoncitos de carbonilla.

A continuación, Dorothy y el león se levantaron y la niña ayudó al leñador de hojalata a rellenar otra vez al espantapájaros, hasta que lo dejaron como nuevo. Después volvieron a ponerse en camino.

Pero la bruja malvada se enfadó tantísimo al ver a sus abejas negras reducidas a montoncitos de carbonilla que empezó a patalear, a tirarse de los pelos y a rechinar los dientes. Después, llamó a una docena de esclavos, que eran winkies, les entregó lanzas afiladas y les dijo que fueran a destruir a los forasteros.

Los winkies no eran un pueblo valiente, pero tenían que obedecer las órdenes, de modo que emprendieron la marcha hasta que llegaron cerca de Dorothy. El león, al verlos, soltó un rugido tremendo y se lanzó sobre ellos. Los pobres winkies se acobardaron tanto que huyeron a la desbandada lo más rápido que pudieron.

Cuando llegaron al castillo, la bruja malvada les dio una buena paliza con una correa y los mandó otra vez al trabajo y, después, se sentó a pensar en lo que tenía que hacer. No entendía por qué habían fracasado todos sus planes contra los forasteros, pero como era una bruja poderosa, además de malvada, enseguida se le ocurrió otra cosa. En su alacena, tenía un gorro de oro con una diadema de diamantes y rubíes alrededor. El gorro dorado era mágico, pues quien lo poseyera podía llamar tres veces a los monos alados, los cuales obedecían cualquier orden que se les diera. Pero nadie podía dar más de tres órdenes a estos monos. La bruja malvada ya había utilizado antes el gorro mágico dos veces. La primera, para convertir a los winkies en sus esclavos y quedarse ella con el gobierno de todo el país. Los monos alados la habían ayudado a conseguirlo. La segunda, cuando luchó contra el mismísimo gran Oz para expulsarlo del país del oeste. También en eso la ayudaron los monos alados. Ya solo podría usar el gorro de oro una vez más, por eso no quería utilizarlo sin haber agotado antes todos sus poderes. Pero, claro, como se había quedado sin lobos, sin cuervos silvestres y sin abejas picadoras, y todos sus esclavos habían huido despavoridos por culpa del león cobardica, comprendió que solo le quedaba una forma de destruir a Dorothy y sus amigos.

Así pues, sacó el gorro dorado del armario y se lo encasquetó en la cabeza. Después se puso a la pata coja sobre el pie izquierdo y dijo lentamente:

—¡Ep-pe, pep-pe, kak-ke!

Luego se puso sobre el pie derecho y dijo:

—¡Hil-lo, hol-lo, hel-lo!

Finalmente, se puso sobre los dos pies y gritó con voz fuerte:

—¡Ziz-zy, zuz-zy, zik!

Y el encantamiento empezó a funcionar. El cielo se oscureció y el aire se llenó de un retumbar grave. Se oyó el batir de muchas alas y una gran algarabía de voces y risas; luego, el sol volvió a lucir en el cielo y la bruja malvada apareció rodeada de una multitud de monos, cada cual con un par de alas inmensas y potentes en los hombros.

Había uno mucho mayor que los demás que parecía el jefe, y este se acercó a la bruja y dijo:

—Nos has llamado por tercera y última vez. ¿Qué ordenas?

—Id a buscar a los forasteros que están dentro de los confines de mi país y destruid a todos excepto al león —dijo la bruja malvada—. Traedme aquí a ese animal porque tengo intención de ponerle bridas como a los caballos y obligarlo a trabajar.

—Tus órdenes serán obedecidas —dijo el jefe; y entonces, con mucha algazara y gran ruido, los monos alados echaron a volar hacia el lugar por donde caminaban Dorothy y sus amigos.

Unos cuantos monos se apoderaron del leñador de hojalata y se lo llevaron por el aire hasta un lugar cubierto de rocas afiladas. Allí soltaron al pobre leñador, que cayó desde una gran altura contra las rocas y se quedó tumbado con tantos golpes y abolladuras que no podía moverse ni quejarse siquiera.

Otros cuantos monos atraparon al espantapájaros y, con sus largos dedos, le sacaron toda la paja de la ropa y de la cabeza. Hicieron un lío con el sombrero, las botas y la ropa, y lo arrojaron a las ramas más altas de un árbol altísimo.

El resto de los monos rodeó al león con muchos cabos de cuerda fuerte y lo ataron con muchas vueltas alrededor del cuerpo, la cabeza y las patas, hasta que no pudo morder, dar zarpazos ni luchar de ninguna forma. Después, lo elevaron en el aire, se lo llevaron volando al castillo de la bruja y lo dejaron en un patio pequeño rodeado de una alta verja de hierro, para que no se escapara.

Pero a Dorothy no le hicieron ningún daño. Se quedó allí con Totó en brazos, contemplando el triste sino de sus compañeros y pensando que pronto le tocaría a ella. El jefe de los monos alados se le acercó con sus largos y peludos brazos tendidos y con una sonrisa horrible en la cara. Pero entonces, al ver la señal del beso de la bruja buena en la frente de la niña, se detuvo en seco e indicó a los demás que no la tocaran.

—No nos atrevamos a hacer daño a esta niña —les dijo—, porque tiene la protección del poder del bien, que es superior al poder del mal.

Lo único que podemos hacer es llevarla al castillo de la bruja malvada y dejarla allí.

Así pues, con mucho cuidado y precaución, cogieron a Dorothy en brazos, se la llevaron velozmente por el aire al castillo y la depositaron en el umbral. El jefe le dijo a la bruja:

—Te hemos obedecido hasta donde nos es permitido. El leñador de hojalata y el espantapájaros han sido destruidos y el león está atado en tu patio. A la niña no nos atrevemos a hacerle nada, ni al perro que lleva en brazos. Ahora, tu poder sobre nosotros ha terminado y no volverás a vernos jamás.

Los monos alados levantaron el vuelo con gran bullicio y algazara y enseguida se perdieron de vista.

La señal que Dorothy tenía en la frente sorprendió a la bruja malvada tanto como la inquietó, porque sabía muy bien que ni los monos alados ni ella podían atreverse a hacer mal alguno a la niña. La miró a los pies y, al ver los zapatos de plata, empezó a temblar de miedo porque sabía el gran poder que poseían. Al principio, la bruja sintió tentaciones de echar a correr y alejarse de Dorothy, pero la miró a los ojos por casualidad y vio lo sencilla que era el alma que allí se escondía, y también que la niña ignoraba el maravilloso poder que le daban los zapatos de plata. Así pues, se rio para sus adentros y pensó: «Como no sabe utilizar su poder, todavía puedo convertirla en mi esclava». Visto lo cual, le dijo con voz áspera y severa:

—Ven conmigo y procura hacer cuanto te mande, porque, de lo contrario, acabaré contigo como acabé con el leñador de hojalata y con el espantapájaros.

Dorothy la siguió por las maravillosas y numerosas estancias del castillo hasta la cocina, donde la bruja le ordenó fregar las cazuelas y hervidores, barrer el suelo y echar leña al fuego del hogar.

Dorothy se puso a trabajar obedientemente, concentrándose en las tareas tanto como podía, pues se alegraba de que la bruja malvada hubiera decidido no matarla.

Mientras ella trabajaba duramente, la bruja pensó en ir al patio a poner arreos al león cobardica como si fuera un caballo; estaba segura de que se iba a divertir haciéndole tirar de su carroza siempre que le viniera en gana

darse un paseo. Pero, al abrir la verja, el león soltó un rugido tremendo y se abalanzó sobre ella con tal ferocidad que la asustó. La bruja echó a correr y volvió a cerrar la verja.

—Si no te puedo poner arreos —le dijo, hablando entre los barrotes de la verja—, te mataré de hambre. No probarás bocado hasta que me obedezcas.

Y a partir de ese momento, no llevó nada de comer al prisionero, pero todos los días se acercaba a la verja a mediodía y preguntaba:

—¿Estás dispuesto a llevar arreos como los caballos?

Y el león contestaba:

—No. Pero si entras en este patio, te morderé.

El león no tuvo que obedecer a la bruja porque todas las noches, cuando ella se dormía, Dorothy le llevaba comida de la alacena. Después de comer, el león se tumbaba en su lecho de paja y Dorothy se tumbaba a su lado con la cabeza apoyada en la suave y peluda melena, y los dos hablaban de sus problemas y pensaban en algún plan para escaparse. Pero no encontraban la manera de salir del castillo, porque siempre lo vigilaban los winkies amarillos, que eran esclavos de la bruja malvada y le tenían tanto miedo que eran incapaces de desobedecerla.

La niña tenía que trabajar todo el día sin parar y, muchas veces, la bruja la amenazaba con golpearla con el viejo paraguas que siempre llevaba en la mano, aunque, en realidad no se atrevía, por la señal de la frente. Pero Dorothy no lo sabía y temía mucho por Totó y por sí misma. Un día, la bruja pegó a Totó con el paraguas, pero el valiente perrito se volvió contra ella y le mordió la pierna. La bruja no sangró por la herida del mordisco, porque era tan malvada que se le había secado la sangre hacía muchos años.

La vida se hizo muy triste para Dorothy cuando empezó a comprender que volver a Kansas con tía Em y tío Henry era más difícil que nunca. A veces, se pasaba horas llorando amargamente, con Totó sentado a sus pies, mirándola y gimiendo desconsoladamente para demostrar a su ama lo mucho que lo lamentaba. En realidad, a Totó no le importaba estar en Kansas o en el país de Oz, siempre y cuando Dorothy estuviera con él; pero sabía que la niña estaba triste y eso le entristecía a él también.

Entretanto, la bruja malvada sentía grandes deseos de poseer los zapatos de plata que la niña siempre llevaba puestos. Sus abejas, sus cuervos y sus lobos yacían amontonados secándose al sol, y además había gastado todo el poder del gorro de oro, pero si al menos lograba apoderarse de los zapatos de plata, le concederían un poder mucho mayor que el que había perdido. Acechaba a Dorothy atentamente para ver si alguna vez se quitaba los zapatos, pensando en robárselos. Pero a la niña le gustaban tanto que jamás se los quitaba, salvo por la noche y cuando se bañaba. A la bruja le daba mucho miedo la oscuridad y por eso no se atrevía a entrar en la habitación de Dorothy por la noche para robarle los zapatos, y más aún que la oscuridad, le daba miedo el agua, de modo que nunca se acercaba cuando la niña se bañaba, pues habéis de saber que la vieja bruja jamás tocaba el agua ni permitía que el agua la tocase bajo ningún concepto.

Pero la malvada vieja era muy astuta y, por fin, se le ocurrió la solución para conseguir lo que quería. Puso una barra de hierro en medio del suelo de la cocina y, por arte de magia, la hizo invisible a los ojos humanos. Entonces, cuando Dorothy pasó por allí, tropezó con la barra, porque no la vio y se cayó al suelo de bruces. No se hizo mucho daño, pero al caerse se le salió un zapato de plata y, sin darle tiempo a recogerlo, la bruja se lo quitó y se lo puso en su huesudo pie.

La malvada mujer se alegró mucho con el éxito de su plan porque, con un zapato en su poder, era dueña de la mitad de la magia del par y Dorothy no podría utilizarla contra ella aunque hubiera sabido cómo hacerlo.

La niña, al ver que había perdido uno de los bonitos zapatos, se enfadó y le dijo a la bruja:

—¡Devuélveme el zapato!

—De eso nada —replicó la bruja—, porque ahora es mío y no tuyo.

—¡Eres muy mala! —gritó Dorothy—. No tienes derecho a quitarme el zapato.

—Me da igual, yo me lo quedo —dijo la bruja riéndose de ella—. Y cualquier día de estos te quitaré el otro también.

Entonces Dorothy se enfadó tanto que cogió el cubo de agua que tenía al lado, se lo tiró a la bruja por encima y la dejó empapada de los pies a la cabeza.

Al instante, la malvada mujer soltó un grito tremendo de horror y, en ese momento, ante la perpleja mirada de Dorothy, empezó a encogerse y a deshacerse.

—¡Mira lo que has hecho! —gritó—. En menos de un minuto me habré derretido para siempre.

—Lo siento mucho, de verdad —dijo Dorothy, que estaba realmente asustada al ver que la bruja se deshacía como azúcar moreno ante sus propios ojos.

—¿Es que no sabías que el agua acabaría conmigo? —preguntó la bruja con un lamento de desesperación.

—Desde luego que no —contestó Dorothy—. ¿Cómo iba a saberlo?

—Pues mira, dentro de unos momentos me habré derretido del todo y el castillo entero será para ti. He sido malvada en mi vida, pero jamás pensé que una niña pequeña como tú sería capaz de hacerme desaparecer y poner fin a mis maldades. Atención: ¡Allá voy!

Con esas palabras, la bruja quedó convertida en un charco de materia marrón derretida y empezó a extenderse por los limpios tablones del suelo de la cocina. Al ver que de verdad se había derretido, Dorothy llenó otro cubo de agua y lo echó por encima del charco. Después lo barrió todo y lo tiró por la puerta. Recogió el zapato de plata, que fue lo único que quedó de la vieja, lo limpió, lo secó con un paño y se lo puso otra vez en el pie. Libre por fin para hacer lo que quisiera, fue corriendo al patio a decir al león que la malvada bruja del oeste ya no existía y que ya no eran prisioneros en un país extraño.

13

EL REENCUENTRO

El león cobardica se alegró mucho al saber que la bruja se había derretido con un cubo de agua; Dorothy le abrió la verja de la prisión inmediatamente y lo dejó en libertad. Entraron juntos en el castillo y, lo primero que hizo Dorothy, fue llamar a los winkies y decirles que ya no eran esclavos.

Hubo un gran regocijo entre los amarillos winkies, porque hacía muchos años que la bruja malvada los obligaba a trabajar sin descanso y siempre los había tratado con crueldad. Declararon festivo el resto del día y, a partir de entonces, todos los años lo celebraron con fiestas y bailes.

—Ojalá nuestros amigos, el espantapájaros y el leñador de hojalata, estuvieran con nosotros —dijo el león—; entonces sería feliz.

—¿No crees que podríamos rescatarlos? —preguntó la niña con entusiasmo.

—Podemos intentarlo —contestó el león. Llamaron a los amarillos winkies y les preguntaron si querían ayudarlos a rescatar a sus amigos. Los winkies dijeron que, por Dorothy, harían de mil amores cuanto estuviera a su alcance, porque los había liberado de la esclavitud. Así pues, la niña eligió a unos cuantos de los más espabilados y se pusieron todos en marcha. Viajaron aquel día y parte del siguiente hasta llegar a la planicie rocosa donde el leñador de hojalata yacía completamente abollado y retorcido. El hacha estaba allí cerca, pero la hoja se había oxidado y el mango se había tronchado.

Los winkies lo levantaron en brazos con cariño y se lo llevaron al castillo amarillo. En el camino, Dorothy lloró un poco por el estado lamentable en que se encontraba su amigo, y el león caminaba con pesadumbre y solemnidad. Cuando llegaron al castillo, Dorothy dijo a los winkies:

—¿Alguno de vosotros es hojalatero?

—Sí, sí; tenemos muy buenos hojalateros en este país —le dijeron.

—Entonces, decidles que vengan —les pidió.

Y cuando los hojalateros llegaron con todas sus cestas y herramientas, les preguntó:

—¿Podéis alisar las abolladuras del leñador de hojalata, volver a darle su forma y soldar lo que se haya roto?

Los hojalateros miraron al leñador minuciosamente y contestaron que creían que podrían recomponerlo y dejarlo como nuevo. Se pusieron manos a la obra en una de las grandes salas amarillas del castillo y trabajaron tres días y cuatro noches. Martillearon, retorcieron, doblaron, soldaron, pulieron y remacharon las piernas, el cuerpo y la cabeza al leñador de hojalata, hasta que por fin le devolvieron su forma de siempre, e incluso las juntas funcionaban mejor que nunca. Claro está que ahora tenía unos cuantos remiendos, pero los hojalateros hicieron un excelente trabajo y, como el leñador no era exigente, no le importó tener parches.

Cuando por fin entró por su propio pie en la habitación de Dorothy a darle las gracias por haberlo rescatado, estaba tan contento que se le saltaron lágrimas de alegría. Dorothy tuvo que secárselas una a una con el delantal, para que no se le oxidaran las bisagras. Al mismo tiempo, ella también lloraba a mares de alegría, por el reencuentro con su viejo amigo, pero esas lágrimas no hacía falta secarlas. Entretanto, el león no paraba de limpiarse los ojos con la punta de la cola y, al final, se la empapó y tuvo que salir al patio a secársela al sol.

—Ojalá estuviera el espantapájaros con nosotros —dijo el leñador cuando Dorothy terminó de contarle lo sucedido—; entonces sí que sería feliz.

—Tenemos que ir a buscarlo —dijo la niña.

Llamó a los winkies para que la ayudaran y caminaron todo el día y parte del siguiente hasta que llegaron al árbol alto en cuyas ramas habían dejado los monos alados la ropa del espantapájaros.

Era un árbol alto de verdad, con un tronco tan liso que no se podía trepar por él, pero el leñador dijo enseguida:

—Voy a talarlo y así recuperaremos la ropa del espantapájaros.

Resulta que cuando los hojalateros recomponían al leñador, otro winkie, que era orfebre, había hecho un mango de hacha de oro macizo y lo había colocado en el hacha del leñador, en sustitución del mango roto. Otros se habían encargado de pulir la hoja hasta quitarle todo el óxido y dejarla brillante como plata bruñida.

Tan pronto como terminó de decirlo, el leñador empezó a dar hachazos; al cabo de poco tiempo, el árbol cayó con un gran chasquido, la ropa del espantapájaros se desprendió de las ramas y rodó por el suelo.

Dorothy la recogió, pidió a los winkies que la llevaran al castillo y allí lo rellenaron con paja limpia y nueva. ¡Y fijaos! Ahí estaba otra vez el espantapájaros tan campante como siempre, dando las gracias a todos una y otra vez por haberlo salvado. Una vez reunidos, Dorothy y sus amigos pasaron unos días muy alegres en el castillo amarillo, donde había cuanto necesitaban para estar a gusto.

Pero un día, la niña se acordó de su tía Em y dijo:

—Tenemos que volver a Oz a decirle que cumpla su promesa.

—Sí —dijo el leñador—, por fin tendré corazón.

—Y yo tendré cerebro —añadió el espantapájaros con alborozo.

—Y yo tendré valor —dijo el león pensativamente.

—Y yo volveré a Kansas —dijo Dorothy gritando y batiendo palmas—. ¡Mañana nos vamos a la Ciudad Esmeralda!

Y así lo hicieron. Al día siguiente, llamaron a los winkies y se despidieron de ellos. Los winkies sintieron que tuvieran que marcharse; habían tomado tanto aprecio al leñador de hojalata que le rogaron que se quedara a gobernar el país amarillo del oeste. Pero al ver que estaban decididos a marcharse, los winkies regalaron un collar de oro a Totó y otro al león;

a Dorothy le entregaron un brazalete precioso con incrustaciones de diamante; al espantapájaros le dieron un bastón con el pomo de oro para que no tropezara y al leñador de hojalata le ofrecieron una aceitera de plata y oro con incrustaciones de piedras preciosas.

A cambio, cada uno de los viajeros dedicó unas bonitas palabras a los winkies y todos se dieron la mano hasta que les dolieron los brazos.

Entonces, Dorothy fue a la alacena de la bruja a llenar la cesta de provisiones para el viaje y vio allí el gorro de oro. Se lo puso en la cabeza y comprobó que le quedaba perfectamente. No sabía nada del poder mágico que tenía, pero le pareció tan bonito que decidió llevarlo puesto y guardó su sombrerito en la cesta.

Y así, preparados para el viaje, se pusieron en marcha hacia la Ciudad Esmeralda. Los winkies lanzaron tres vivas en su honor y les desearon muy buen viaje.

14

LOS MONOS ALADOS

Recordaréis que no había camino, ni siquiera un sendero, entre el castillo de la bruja malvada y la Ciudad Esmeralda. Cuando los cuatro viajeros iban en busca de la bruja, ella, al verlos acercarse, había mandado a los monos alados que se los llevaran por el aire. Encontrar el camino de vuelta por los prados de campanillas y margaritas amarillas era mucho más difícil que cuando los llevaron volando. Sabían, claro está, que tenían que ir directamente hacia el este, hacia el sol naciente, y empezaron bien el camino. Pero a mediodía, cuando el sol ya estaba arriba del todo, no sabían dónde se encontraba el este y dónde el oeste, y por eso se perdieron entre los extensos prados. Sin embargo, siguieron andando y, por la noche, salió la luna brillante. Se acostaron entre las fragantes flores amarillas y durmieron plácidamente hasta el amanecer..., todos salvo el espantapájaros y el leñador de hojalata.

Por la mañana, el sol se escondió tras una nube, pero ellos se pusieron en marcha como si conocieran el camino de memoria.

—Si andamos bastante —dijo Dorothy—, en algún momento llegaremos a algún sitio, estoy segura. Pero fueron pasando los días y seguían sin ver nada más que campos amarillos por todas partes.

El espantapájaros empezó a protestar un poco.

—Seguro que nos hemos perdido —dijo— y si no encontramos a tiempo el camino de la Ciudad Esmeralda, jamás tendré cerebro.

—Ni yo corazón —dijo el leñador de hojalata—. Me parece que casi no puedo esperar a llegar a Oz; hay que reconocer que el camino es muy largo.

—Os aseguro —dijo el león cobardica con un gemido— que no tengo valor para seguir andando eternamente sin llegar a ninguna parte.

Dorothy se desanimó. Se sentó en la hierba y miró a sus compañeros; ellos también se sentaron y la miraron a ella. Totó, por primera vez en su vida, estaba tan cansado que no podía ni perseguir a una mariposa que le pasó volando al lado de la cabeza; de modo que sacó la lengua, empezó a jadear y miró a Dorothy como preguntando qué iban a hacer.

—¿Y si llamamos a los ratones de campo? —propuso Dorothy—. Seguro que nos enseñan el camino a la Ciudad Esmeralda.

—¡Seguro que sí! —gritó el espantapájaros—. ¿Cómo no se nos habrá ocurrido antes?

Dorothy tocó el pequeño silbato que siempre llevaba colgado del cuello desde que se lo había dado la reina de los ratones. Al cabo de unos minutos, oyeron el golpeteo de pies diminutos y muchos ratoncitos grises se acercaron corriendo a ella. Entre ellos estaba la reina en persona, la cual preguntó con su vocecita chillona:

—¿En qué puedo ayudar a mis amigos?

—Nos hemos perdido —dijo Dorothy—. ¿Podríais decirnos dónde está la Ciudad Esmeralda?

—Sin duda —contestó la reina—, pero os habéis desviado mucho, porque habéis caminado en sentido opuesto todo el tiempo. —Entonces, vio que Dorothy tenía el gorro de oro y dijo—: ¿Por qué no llamas a los monos alados con el gorro encantado? Ellos os llevarán a la ciudad de Oz en menos de una hora.

—No sabía que estuviera encantado —contestó Dorothy sorprendida—. ¿Cómo es el encantamiento?

—Está escrito por dentro del gorro —contestó la reina de los ratones—, pero si vas a llamar a los monos alados, tenemos que huir enseguida, porque son muy traviesos y les parece muy divertido acosarnos.

—¿Y a mí no me harán nada? —preguntó la niña con inquietud.

—¡Oh, no! Están obligados a obedecer a quien tenga puesto el gorro. ¡Adiós! —Y desapareció en un abrir y cerrar de ojos con todos los ratones detrás. Dorothy miró el gorro por dentro y vio unas palabras escritas en el forro. Pensó que debían de ser el encantamiento, así que leyó las instrucciones atentamente y se puso el gorro en la cabeza.

—¡Ep-pe, pep-pe, kak-ke! —dijo, con el pie derecho levantado.

—¿Qué has dicho? —preguntó el espantapájaros, que no entendía lo que hacía.

—¡Hil-lo, hol-lo, hel-lo! —continuó Dorothy, ahora con el pie izquierdo levantado.

—¡Hola! —contestó el leñador de hojalata con calma.

—¡Ziz-zy, zuz-zy, zik! —dijo Dorothy, con los dos pies en el suelo. Terminó el encantamiento y entonces oyeron una gran algarabía y un fuerte batir de alas: era la bandada de monos alados que se acercaba a ellos por el aire. El rey hizo una profunda reverencia ante Dorothy y preguntó:

—¿Qué ordenas?

—Queremos ir a la Ciudad Esmeralda —dijo la niña—, pero nos hemos perdido.

—Os llevaremos —contestó el rey y, no bien hubo hablado, dos monos levantaron a Dorothy en brazos y se la llevaron volando. Otros monos se encargaron del espantapájaros, el leñador y el león, y uno pequeñito cogió a Totó y echó a volar detrás de los demás, aunque el perro quería morderlo a toda costa.

El espantapájaros y el leñador de hojalata tenían mucho miedo al principio, porque se acordaban de lo mal que les habían tratado los monos alados la otra vez, pero cuando vieron que no iban a hacerles nada, viajaron por el aire alegremente disfrutando de la vista de los bonitos jardines y bosques que desfilaban por debajo.

Dorothy viajó muy cómodamente en brazos de los dos monos mayores, uno de los cuales era el propio rey. Le hicieron una silla con las manos y tuvieron mucho cuidado de no arañarla.

—¿Por qué tenéis que obedecer al gorro de oro? —les preguntó.

—Es una larga historia —contestó el rey con una carcajada—, pero como nos espera un viaje largo, pasaré el tiempo contándotela, si así lo deseas.

—La escucharé con mucho gusto —contestó ella.

—Hace tiempo —comenzó el jefe— éramos un pueblo libre, vivíamos felices en el gran bosque volando de árbol en árbol, comiendo nueces y fruta fresca, y haciendo lo que nos venía en gana sin llamar amo a nadie. Es posible que algunos hicieran demasiadas travesuras de vez en cuando, como bajar a tierra a tirar de la cola a otros animales sin alas o perseguir a los pájaros y arrojar nueces a la gente que paseaba por el bosque. Pero vivíamos despreocupados y felices, divirtiéndonos siempre, disfrutando de cada minuto del día. Esto fue hace muchos años, mucho antes de que Oz cayera del cielo para gobernar este país.

»En aquel entonces, vivía aquí, en el lejano norte, una bella princesa que también era una hechicera poderosa. Empleaba toda su magia en ayudar a la gente y jamás se supo que hiciera daño a nadie bueno. Se llamaba Gayelette y vivía en un hermoso palacio de ladrillos de rubí. Todo el mundo la quería, pero su mayor pena era que no encontraba a quien amar, porque todos los hombres eran demasiado necios y feos para emparejarse con tanta belleza y sabiduría. Sin embargo, encontró por fin a un niño más guapo, viril y sabio que lo propio de su edad. Gayelette decidió que, cuando el niño se hiciera hombre, lo desposaría, de modo que se lo llevó a su palacio de rubí y utilizó todos sus poderes mágicos para hacerlo tan fuerte, bueno y adorable como cualquier mujer pudiera desear. Cuando se hizo mayor, Quelala, pues así lo llamaban, tenía fama de ser el mejor hombre y el más sabio de todo el país, al tiempo que su viril apostura era tal que Gayelette se enamoró tiernamente y apresuró los preparativos de la boda.

»En aquel tiempo, mi abuelo era el rey de los monos alados que vivían en el bosque, cerca del palacio de Gayelette, y al viejo le gustaban más las bromas que un buen banquete. Un día, poco antes de la boda, mi abuelo volaba por ahí con su bandada cuando vio a Quelala paseando por la orilla del río. Llevaba un traje suntuoso de seda rosa y terciopelo morado, y mi abuelo pensó: "A este lo arreglo yo". A una palabra suya, la bandada bajó volando, atrapó a Quelala, se lo llevó en brazos hasta el centro del río y allí lo dejaron caer al agua.

»—Sal nadando, mi buen amigo —gritó mi abuelo—, y veamos si el agua te ha manchado la ropa. —Quelala era muy listo y sabía que tenía que nadar; además, la buena suerte no le había estropeado el carácter, de modo que soltó una carcajada cuando llegó a la superficie del agua y alcanzó la orilla a nado. Pero cuando Gayelette se acercó corriendo a él, vio que el traje de seda y terciopelo se había estropeado completamente en el río.

»La princesa se enfadó mucho y, naturalmente, sabía quién lo había hecho. Mandó comparecer ante ella a todos los monos alados y, al principio, ordenó que les ataran las alas y les hicieran lo mismo que habían hecho con Quelala, arrojarlos al río. Pero mi abuelo suplicó mucho, porque sabía que los monos se ahogarían, con las alas atadas. Quelala también dijo unas palabras amables en su favor y Gayelette los perdonó al final, con la condición de que los monos alados cumplieran, a partir de entonces y para siempre, tres deseos de quien se pusiera el gorro de oro. El gorro era un regalo de bodas encargado para Quelala, y se decía que había costado a la princesa la mitad de su reino. Naturalmente, mi abuelo y todos los demás monos aceptaron la condición al punto, y por eso somos esclavos por tres veces de quien se ponga el gorro de oro, sea quien sea.

—¿Y qué pasó después? —preguntó Dorothy, muy interesada en el relato.

—Quelala, como primer dueño del gorro de oro —contestó el mono—, fue el primero en hacernos cumplir sus deseos. Como su esposa no podía soportar nuestra presencia, nos convocó a todos en el bosque después de casarse con ella y nos ordenó que permaneciéramos para siempre donde ella no pudiera ver ni a un solo mono alado, cosa de la que nos alegramos porque le teníamos miedo.

»Fue la única orden que tuvimos que cumplir, hasta que el gorro cayó en manos de la malvada bruja del oeste, que nos mandó esclavizar a los winkies y, después, expulsar al mismísimo Oz del país del oeste. Ahora, el gorro de oro es tuyo y tienes derecho a pedirnos tres deseos.

Cuando el rey de los monos terminó el relato, Dorothy miró abajo y, al ver las verdes y resplandecientes murallas de la Ciudad Esmeralda, se quedó maravillada por la rapidez con que viajaban los monos y se alegró de que el viaje terminara. Las extrañas criaturas depositaron suavemente a los viajeros a las puertas de la ciudad, el rey se inclinó ante Dorothy y se marchó volando velozmente seguido por su bandada.

—Qué viaje tan estupendo —dijo la niña.

—Sí, y una forma rápida de librarnos de problemas —replicó el león—. ¡Qué suerte que te quedaras con ese gorro maravilloso!

15

EL DESCUBRIMIENTO DE OZ EL TERRIBLE

Los cuatro viajeros se acercaron a las puertas de la Ciudad Esmeralda y llamaron. Después de varias llamadas, abrió el mismo guardián de las puertas de la vez anterior.

—¡Caramba! ¿Habéis vuelto? —preguntó sorprendido.

—¿No nos ves? —contestó el espantapájaros.

—Creía que habíais ido a ver a la malvada bruja del oeste.

—Y fuimos —dijo el espantapájaros.

—¿Y os dejó marchar otra vez? —preguntó el hombre asombrado.

—No pudo evitarlo porque se derritió —contestó el espantapájaros.

—¡Se derritió! ¡Vaya, qué buena noticia! —dijo el hombre—. ¿Quién la derritió?

—Dorothy —contestó el león con seriedad.

—¡Válgame el cielo! —exclamó el hombre, y se inclinó muy profundamente ante la niña.

Después les hizo entrar en su pequeña garita y les colocó los anteojos de la gran caja, exactamente igual que la vez anterior. Luego salieron por la puerta a la Ciudad Esmeralda y, cuando la gente se enteró por el guardián de las puertas de que habían derretido a la malvada bruja del oeste, se reunieron todos alrededor de los viajeros y los siguieron en multitud hasta el palacio de Oz.

El soldado de las patillas verdes seguía de guardia ante la puerta, pero los dejó entrar inmediatamente y volvieron a encontrarse con la bella joven verde, la cual los llevó a cada uno a la habitación de la vez anterior, para que descansaran hasta que el gran Oz estuviera preparado para recibirlos.

El soldado ordenó que llevaran a Oz sin tardanza la noticia de que Dorothy y los demás viajeros habían vuelto después de destruir a la bruja malvada, pero Oz no contestó. Creían que el gran mago mandaría a buscarlos enseguida, pero no fue así. Al día siguiente no supieron nada de él, ni al otro ni al otro. La espera se hacía aburrida y agotadora y, al final, se ofendieron por el mal trato que Oz les dispensaba, después de haberlos mandado a sufrir penas y esclavitud. Finalmente, el espantapájaros pidió a la joven que llevara otro mensaje a Oz diciéndole que si no los recibía inmediatamente, llamarían a los monos alados para que les ayudaran a descubrir si era capaz de cumplir sus promesas o no. Cuando el mago recibió el mensaje, se asustó tanto que enseguida mandó que acudieran a verlo a la sala del trono, a las nueve y cuatro minutos en punto de la mañana siguiente. El mago se había encontrado una vez con los monos alados en el país del oeste y no deseaba volver a verlos.

Los cuatro viajeros pasaron la noche en blanco, cada cual pensando en el premio que Oz había prometido concederles. Dorothy se durmió solo una vez; soñó que estaba en Kansas y que su tía Em le decía lo mucho que se alegraba de que hubiera vuelto a casa.

Exactamente a las nueve en punto de la mañana, el soldado de las patillas verdes fue a buscarlos y, cuatro minutos después, entraron todos en la sala del trono del gran Oz.

Como era de suponer, cada cual esperaba ver al mago con la forma de la vez anterior, pero cuál no sería su sorpresa al mirar alrededor y no ver a nadie en la sala. Se quedaron cerca de la puerta, muy juntitos porque el silencio de la estancia era más impresionante que cualquiera de las formas que habían visto adoptar a Oz.

Al cabo de un rato, oyeron una voz que parecía venir de lo alto de la gran cúpula, y que dijo solemnemente:

—Yo soy Oz, el grande y terrible. ¿Qué queréis de mí?

Volvieron a mirar a todos los rincones de la sala y, al no ver a nadie, Dorothy preguntó:

—¿Dónde está usted?

—Estoy en todas partes —contestó la voz—, pero soy invisible para los mortales. Ahora voy a sentarme en el trono para que habléis conmigo. —En verdad, daba la impresión de que la voz saliera directamente del trono, así que se acercaron allí y se quedaron en fila. Dorothy dijo:

—Hemos venido a que cumpla su promesa, oh, Oz.

—¿Qué promesa? —preguntó Oz.

—Me prometió que me mandaría a Kansas cuando la bruja malvada fuera destruida —dijo la niña.

—Y a mí me prometió un cerebro —dijo el espantapájaros.

—Y a mí me prometió un corazón —dijo el leñador de hojalata.

—Y a mí me prometió valor —dijo el león cobardica.

—¿La bruja malvada ha sido destruida de verdad? —preguntó la voz, que a Dorothy le pareció que temblaba ligeramente.

—Sí —contestó la niña—, la derretí con un cubo de agua.

—¡Hay que ver! —dijo la voz—. ¡Qué rapidez! Venid a verme mañana porque necesito tiempo para pensarlo otra vez.

—Ya ha tenido tiempo de sobra —dijo el leñador de hojalata enfadado.

—No esperaremos ni un día más —dijo el espantapájaros.

—¡Tiene que cumplir las promesas que nos hizo! —exclamó Dorothy.

El león pensó que a lo mejor también podía asustar al mago, así que soltó un rugido tan grave y enorme, tan fiero y amenazador, que Totó, asustado, se escapó de un salto y volcó sin querer una pantalla que había en un rincón. El estrépito de la caída hizo a todos volver la cabeza hacia allí y lo que vieron los dejó boquiabiertos. Justo en el lugar que la pantalla ocultaba, había un ancianito calvo de rostro arrugado que parecía tan atónito como ellos. El leñador de hojalata, blandiendo el hacha, corrió hacia el hombrecillo y preguntó a voces:

—¿Quién es usted?

—Yo soy Oz, el grande y terrible —dijo el hombrecillo con voz temblorosa—, pero no me golpees. ¡No, por favor! Haré todo lo que me pidas.

Nuestros amigos lo miraron entre la sorpresa y la consternación.

—Creía que Oz era una gran cabeza —dijo Dorothy.

—Y yo creía que Oz era una dama adorable —confesó el espantapájaros.

—Y yo creía que Oz era una esfera de fuego —exclamó el león.

—No, todos os habéis equivocado —dijo el hombrecillo mansamente—. Os he engañado.

—¡Nos ha engañado! —gritó Dorothy—. ¿Es que no es un gran mago?

—Calma, querida niña —dijo—, no hables tan alto o te oirán... y entonces estaría acabado. Todos creen que soy un gran mago.

—¿Y no lo es? —preguntó ella.

—Ni una pizca, querida niña; no soy más que un hombre normal.

—Y algo más —dijo el espantapájaros en tono ofendido—, es usted un farsante.

—¡Exacto! —exclamó el hombrecillo frotándose las manos, como si eso le gustara mucho—. Soy un farsante.

—Pero eso es terrible —dijo el leñador de hojalata—, ¿cómo voy a conseguir un corazón ahora?

—¿Y yo, valor? —preguntó el león.

—¿Y yo, cerebro? —gimió el espantapájaros secándose las lágrimas con la manga de la chaqueta.

—Mis queridos amigos —dijo Oz—, os ruego que no habléis de esos pormenores. Os pido clemencia, tendré un problema terrible si me descubren.

—¿Nadie más sabe que es un farsante? —preguntó Dorothy.

—Nadie lo sabe, solo vosotros... y yo —replicó Oz—. He engañado a todos tanto tiempo que creía que nadie me descubriría jamás. Ha sido un gran error permitiros entrar en la sala del trono. Generalmente no recibo ni siquiera a mis súbditos, por eso creen que soy un ser terrible.

—Pero no lo entiendo —dijo Dorothy perpleja—. ¿Cómo es que lo vi en forma de gran cabeza?

—Es un truco —contestó Oz—. Ven por aquí, haz el favor, y te lo explicaré todo.

La llevó a una pequeña cámara que había detrás de la sala del trono y todos lo siguieron. El mago señaló hacia un rincón, donde estaba la gran cabeza, hecha de muchas capas de papel y con una cara minuciosamente pintada.

—Colgué esta cabeza del techo con una cuerda —dijo Oz—. Yo me coloqué detrás de la pantalla y, tirando de la cuerda, hice que los ojos se movieran y la boca se abriera.

—Pero ¿y la voz? —preguntó la niña.

—¡Ah! Es que soy ventrílocuo —contestó el hombrecillo— y sé hacer que mi voz suene donde yo quiera; por eso creíste que la cabeza hablaba. Aquí está el resto de los objetos que utilicé para engañaros.

Enseñó al espantapájaros el vestido y la máscara que se había puesto cuando se le apareció como dama adorable; el leñador de hojalata vio a la bestia terrible, que no era más que un montón de pieles cosidas entre sí con unas aberturas por los lados. En cuanto a la esfera de fuego, el falso mago también la había colgado del techo. En realidad era una gran bola de algodón que, empapada en aceite, ardía muchísimo.

—Efectivamente —dijo el espantapájaros—, debería darle vergüenza ser tan farsante.

—Y me da vergüenza, no lo dudes —contestó el hombrecillo con tristeza—, pero era lo único que podía hacer. Sentaos, por favor, hay sillas de sobra; voy a contaros la historia de mi vida.

Todos se sentaron a escuchar el siguiente relato:

—Nací en Omaha…

—¡Vaya! Eso está cerca de Kansas —gritó Dorothy.

—Sí, pero lejos de aquí —dijo él moviendo la cabeza con pesar—. Cuando me hice mayor, aprendí ventriloquia con un gran maestro. Sé imitar a cualquier pájaro o animal. —Entonces, maulló tan exactamente igual que un gatito que Totó levantó las orejas y miró a todas partes a ver dónde estaba el minino—. Al cabo de un tiempo —prosiguió Oz—, me cansé y me hice aeronauta.

—¿Qué es eso? —preguntó Dorothy.

—Es el que se sube en un globo cuando hay función de circo para llamar la atención y que todos paguen por ver el circo —le explicó.

—¡Ah, sí! —dijo Dorothy—. Ya sé.

—Bueno, pues un día, subí al globo y las cuerdas se retorcieron de tal manera que no pude bajar a tierra. Seguí subiendo por encima de las nubes hasta tan arriba que una corriente de aire me llevó a muchos kilómetros de distancia. Viajé por el aire un día y una noche y, la mañana del segundo día, al despertarme, el globo flotaba sobre un hermoso país desconocido.

»El globo fue descendiendo poco a poco y no me hice nada de daño, pero me encontré en medio de una gente extraña que, al verme bajar de las nubes, me tomó por un gran mago. Naturalmente, dejé que siguieran pensándolo porque así me temían, y me prometieron que me obedecerían en todo cuanto deseara.

»Solo por divertirme y tener a esa buena gente ocupada, ordené que construyeran esta ciudad y mi palacio; y ellos lo hicieron bien y de buena gana. Después, como el país era tan verde y bonito, pensé que se llamaría la Ciudad Esmeralda y, para que el nombre encajara mejor, puse anteojos verdes a todo el mundo para que lo vieran todo verde.

—Pero ¿aquí no es todo verde? —preguntó Dorothy.

—No más que en cualquier otra ciudad —contestó Oz—, pero cuando uno se pone anteojos verdes, pues claro, se ve todo verde. La Ciudad Esmeralda se construyó hace muchísimos años, porque yo era joven cuando el globo me trajo aquí y ahora soy un hombre muy viejo. Pero mi pueblo ha llevado puestas gafas verdes tanto tiempo que la mayoría cree que la ciudad es de esmeralda de verdad, y ciertamente es un lugar hermoso donde abundan las piedras, los metales preciosos y cuanto de bueno es necesario para hacer feliz a cualquiera. He sido muy bondadoso con el pueblo, me aprecian; pero desde que se construyó este palacio, me encerré aquí y no he visto a nadie.

»Una de las cosas que más temía era a las brujas, porque yo no tenía poderes mágicos de ninguna clase, pero enseguida descubrí que ellas sí que podían obrar prodigios de verdad. En este país había cuatro brujas que gobernaban a los pueblos del norte, del sur, del este y del oeste. Afortunadamente, la bruja del norte y la del sur eran buenas y sabía que no me harían daño; pero la del este y la del oeste eran terriblemente malvadas y, si no hubieran creído que yo era más poderoso que ellas, seguro que me habrían destruido. Así pues, viví muchos años aterrorizado, y puedes imaginarte cuánto me alegré al saber que tu casa se había caído encima de la malvada bruja del este. Cuando viniste a verme, deseaba prometerte lo que me pidieras si me hacías el favor de deshacerte de la otra bruja, pero ahora que la has derretido, me avergüenzo de decir que no puedo cumplir la promesa.

—Creo que es usted un hombre muy malo —dijo Dorothy.

—¡Oh, no, querida niña! En realidad, soy un hombre muy bueno, pero soy un mago muy malo, tengo que reconocerlo.

—¿Y no puede darme cerebro? —preguntó el espantapájaros.

—No lo necesitas. Todos los días aprendes algo. Los niños recién nacidos tienen cerebro, pero no saben gran cosa. La experiencia es lo único que da conocimiento y, cuanto más tiempo pases en la tierra, más experiencia acumularás.

—Aunque todo eso sea verdad —dijo el espantapájaros—, seré un desgraciado si no me da cerebro.

El falso mago lo miró con detenimiento.

—Bien —dijo con un suspiro—, no tengo gran cosa de mago, como ya he dicho, pero si vienes mañana por la mañana, te llenaré la cabeza de cerebro. De todos modos, no puedo decirte cómo hay que usarlo, eso lo tienes que descubrir tú solo.

—¡Vaya, gracias...! ¡Gracias! —gritó el espantapájaros—. ¡Ya encontraré la forma de usarlo, no se preocupe!

—Pero ¿qué hay de mi valor? —preguntó el león ansiosamente.

—Tienes valor de sobra, estoy seguro —contestó Oz—. Lo único que necesitas es confianza en ti mismo. No hay ser viviente que no tenga miedo cuando se enfrenta al peligro. El verdadero valor radica en enfrentarse al peligro cuando se tiene miedo, y valor de esa clase tienes de sobra.

—Quizá, pero me asusto igual —dijo el león—. Seré muy infeliz si no me da la clase de valor que hace olvidar que se tiene miedo.

—Muy bien, te daré esa clase de valor mañana —replicó Oz.

—¿Y qué hay de mi corazón? —preguntó el leñador de hojalata.

—Bien, respecto a eso —contestó Oz—, creo que te equivocas al desear un corazón. Es una cosa que hace infeliz a la mayoría de la gente. No te imaginas lo afortunado que eres por no tenerlo.

—Eso es cuestión de opiniones —dijo el leñador de hojalata—. Por mi parte, soportaré la infelicidad sin un soplo de protesta, si me da un corazón.

—Muy bien —contestó Oz dócilmente—. Ven a verme mañana y tendrás un corazón. He fingido ser un mago tantos años que no me importa seguir haciendo el papel un poco más.

—Y ahora —dijo Dorothy—, ¿cómo vuelvo yo a Kansas?

—Eso habrá que pensarlo —replicó el hombrecillo—. Dame dos o tres días para reflexionar sobre el asunto y procuraré hallar la forma de llevarte por el desierto. Mientras tanto, todos seréis tratados como huéspedes míos y durante vuestra estancia en palacio, mi pueblo os servirá y complacerá hasta el menor de vuestros deseos. Solo os pido una cosa a cambio de mi ayuda..., qué le vamos a hacer. Tenéis que guardarme el secreto, no le digáis a nadie que soy un farsante.

Ellos aceptaron la condición de no decir nada de cuanto habían descubierto y volvieron a sus habitaciones muy animados. Incluso Dorothy tenía esperanzas de que «el grande y terrible farsante», como lo llamaba ella, encontrara la forma de devolverla a Kansas y, en tal caso, estaba dispuesta a perdonárselo todo.

16

LAS ARTES MÁGICAS DEL GRAN FARSANTE

La mañana siguiente, el espantapájaros dijo a sus amigos:

—Felicitadme. Voy a que Oz me dé cerebro, por fin. Cuando vuelva, seré un hombre como los demás.

—Siempre me has gustado tal como eres —dijo Dorothy con sencillez.

—Eres muy amable —replicó el espantapájaros—. Pero seguro que me aprecias más cuando veas los pensamientos espléndidos que saldrán de mi cerebro nuevo. —Entonces se despidió de todos animosamente y se fue a la sala del trono, donde llamó a la puerta.

—Adelante —dijo Oz.

El espantapájaros entró y se encontró al hombrecillo sentado junto a la ventana, pensando profundamente.

—He venido por mi cerebro —dijo el espantapájaros, un poco nervioso.

—Sí, claro, siéntate en esa silla, por favor —contestó Oz—. Disculpa que te quite la cabeza, pero es necesario, para ponerte el cerebro en su sitio.

—De acuerdo —dijo el espantapájaros—. Quíteme la cabeza, se lo ruego, siempre y cuando sea mejor cuando me la devuelva.

Entonces, el mago le quitó la cabeza y sacó la paja. Luego entró en la habitación del fondo y mezcló una medida de salvado con muchos alfileres y agujas. Agitó la mezcla muy bien, la echó en la cabeza del espantapájaros y rellenó el espacio sobrante con paja para que la mezcla no se cayera. En cuanto sujetó la cabeza del espantapájaros al cuerpo, le dijo:

—En adelante serás un gran hombre, porque te he dado un gran cerebro nuevecito.

El espantapájaros se puso tan contento como orgulloso al ver cumplido su mayor deseo y, después de dar las gracias a Oz efusivamente, volvió con sus amigos.

Dorothy lo miró con curiosidad. Tenía la cabeza bastante abultada por arriba, con tanto cerebro.

—¿Qué tal te encuentras? —le preguntó.

—Como un verdadero sabio —dijo emocionado—. Cuando me acostumbre al cerebro sabré todas las cosas.

—¿Por qué te salen de la cabeza tantas agujas y alfileres? —preguntó el leñador de hojalata.

—Para que sepamos que es muy agudo —replicó el león.

—Bien, tengo que ir a que Oz me dé mi corazón —dijo el leñador. Así que fue hasta la sala del trono y llamó a la puerta.

—Adelante —dijo Oz.

El leñador entró y dijo:

—He venido a buscar mi corazón.

—Muy bien —respondió el hombrecillo—, pero tengo que abrirte un agujero en el pecho para ponértelo en su sitio. Espero que no te duela.

—No, no —contestó el leñador—, seguro que no noto nada de nada.

Entonces, Oz cogió un par de tijeras de hojalatero e hizo un pequeño agujero cuadrado al leñador en el lado izquierdo del pecho. Luego, sacó de una cómoda un bonito corazón de seda relleno de serrín.

—¿No es precioso? —le preguntó.

—¡Desde luego! —contestó el leñador, que estaba contentísimo—. ¿Pero es un corazón bondadoso?

—¡Bondadosísimo! —contestó Oz. Colocó el corazón al leñador en el pecho, volvió a poner el cuadrado de hojalata en su sitio y lo soldó primorosamente.

—Ya está —dijo—, ahora tienes un corazón del que cualquier hombre se sentiría orgulloso. Siento haberte dejado un remiendo en el pecho, pero era inevitable.

—No se preocupe por el remiendo —exclamó el leñador satisfecho—. Se lo agradezco muchísimo y jamás olvidaré su bondad.

—No hay de qué —contestó Oz.

Entonces, el leñador volvió con sus amigos, que le desearon la mayor dicha por su buena suerte. Luego, el león fue a la sala del trono y llamó a la puerta.

—Adelante —dijo Oz.

—He venido a buscar mi valor —anunció el león al entrar.

—Muy bien —contestó el hombrecillo—, ahora mismo te lo doy.

Se acercó a un armario, sacó un frasco cuadrado de color verde del estante más alto y vertió el contenido en un plato verde de oro bellamente tallado. Se lo puso al león cobardica ante el hocico, el león lo olisqueó como si no le gustara y el mago dijo:

—Bébetelo.

—¿Qué es? —preguntó el león.

—Pues —contestó Oz—, si estuviera dentro de ti, sería valor. Como bien sabes, el valor está dentro de cada uno, de modo que esto no puede llamarse propiamente valor hasta que te lo hayas tomado. Por lo tanto, te aconsejo que lo tomes cuanto antes.

El león no lo dudó más y bebió hasta vaciar el plato.

—¿Qué tal te encuentras ahora? —preguntó Oz.

—Lleno de valor —contestó el león, y volvió contentísimo con sus amigos a contarles su gran suerte.

Oz, a solas, sonrió al pensar en lo bien que había complacido los deseos del espantapájaros, el leñador de hojalata y el león.

—¿Cómo no voy a ser un farsante si me piden que haga cosas que todo el mundo sabe que no se pueden hacer? —dijo—. Ha sido fácil complacer al espantapájaros, al león y al leñador, porque se creen que puedo hacer cualquier cosa. Pero para devolver a Dorothy a Kansas hace falta algo más que imaginación, y no sé cómo hacerlo.

17

EL DESPEGUE DEL GLOBO

Pasaron tres días sin que Dorothy tuviera noticias de Oz. Fueron días tristes para la niña, aunque sus amigos estaban muy contentos y satisfechos. El espantapájaros les dijo que tenía pensamientos maravillosos en la cabeza, pero no se los contó porque sabía que nadie más que él los entendería. El leñador de hojalata, cuando paseaba por ahí, notaba el corazón latiendo dentro del pecho y contó a Dorothy que había descubierto que el corazón nuevo era mucho más bondadoso y tierno que el que tenía cuando era de carne y hueso. El león dijo que nada le daba miedo en la tierra y que se enfrentaría de buena gana a un ejército de hombres o a una docena de feroces kalidahs.

Y así, todos los compañeros del pequeño grupo estaban encantados, excepto Dorothy, que deseaba volver a Kansas más que nunca.

El cuarto día, para gran alegría suya, Oz mandó a buscarla y, cuando entró en la sala del trono, el mago le dijo animosamente:

—Siéntate, bonita, creo que he encontrado la forma de sacarte de este país.

—¿Y de volver a Kansas? —preguntó ella con entusiasmo.

—Pues, de eso no estoy completamente seguro —dijo Oz—, porque no tengo la menor idea de dónde se encuentra. Pero lo primero que hay que hacer es cruzar el desierto, y después, supongo que será fácil encontrar el camino a casa.

—¿Cómo voy a cruzar el desierto? —preguntó ella.

—Bien, voy a decirte lo que pienso —contestó el hombrecillo—. Verás, yo llegué a este país en globo. Tú también llegaste por el aire, arrastrada por un ciclón, por eso creo que la mejor manera de cruzar el desierto será por el aire. Ahora bien, yo no tengo poderes para generar un ciclón, pero no he dejado de pensar en el asunto y creo que sí que podría fabricar un globo.

—¿Cómo? —preguntó Dorothy.

—Los globos —dijo Oz— se hacen con seda encolada para que el gas no se escape. Tengo seda de sobra en palacio, así que hacer un globo no será difícil. Pero no hay gas en todo el país para inflar el globo hasta que flote en el aire.

—Si no flota —dijo Dorothy—, no nos servirá de nada.

—Cierto —contestó Oz—. Pero hay otra forma de hacerlo flotar, que es llenándolo de aire caliente. El aire caliente no funciona tan bien como el gas, porque si se enfría, el globo desciende, y si eso sucediera en pleno desierto nos perderíamos.

—¡Cómo! —exclamó la niña—. ¿Viene usted conmigo?

—Sí, claro —replicó Oz—. Estoy harto de ser un farsante. Si saliera de palacio, el pueblo descubriría enseguida que no soy mago y entonces se enfadaría conmigo por haberlo engañado. Por eso tengo que estar encerrado en estas habitaciones todo el día, y ya estoy harto. Prefiero ir a Kansas contigo y volver al circo.

—Me alegro mucho de que me acompañe —dijo Dorothy.

—Gracias —contestó él—. Bien, ahora, si me ayudas a coser los pedazos de tela, empezaremos a hacer el globo.

Dorothy cogió aguja e hilo y, a medida que Oz cortaba las tiras de seda dándoles la forma adecuada, ella empezó a coserlas muy bien unas a otras. Primero fue la tira de seda verde clara, después la verde oscura y luego la verde esmeralda, porque Oz tenía el capricho de hacer el globo en diferentes tonos del color que abundaba por todas partes. Tardaron tres días en

coser todas las tiras, pero cuando terminaron, tenían una gran bolsa de seda verde de más de seis metros de largo.

Oz le aplicó por dentro una capa fina de cola para que el aire no se escapara y, después, anunció que el globo estaba listo.

—Pero necesitamos una cesta para montarnos —dijo. Así que, mandó al soldado de las largas patillas verdes a buscar un cesto grande de la ropa, y lo sujetó con muchas cuerdas a la parte inferior del globo.

Cuando todo estaba preparado, Oz mandó decir a su pueblo que se iba de visita a casa de su hermano, un gran mago que vivía en las nubes. La noticia se extendió rápidamente por la ciudad y todo el mundo salió a ver aquella maravilla.

Oz ordenó que sacaran el globo a la puerta del palacio, donde la gente lo contempló con gran curiosidad. El leñador de hojalata había cortado una enorme pila de astillas; entonces hizo una hoguera y el mago sujetó la boca del globo por encima del fuego para que el aire caliente que se desprendía quedara atrapado dentro y, por fin, la cesta se colocó a ras de suelo.

Entonces, Oz se metió en la cesta y dijo a todos en voz alta:

—Ahora me voy de visita. En mi ausencia, os gobernará el espantapájaros; os ordeno que le obedezcáis como si fuera yo mismo.

El globo ya empezaba a tirar con fuerza de la cuerda que lo sujetaba al suelo, porque estaba lleno de aire caliente, que era mucho más ligero y pesaba mucho menos que el aire frío de fuera, así que tiraba con fuerza para elevarse.

—¡Vamos, Dorothy! —gritó el mago—. ¡Date prisa, que el globo se va volando!

—No encuentro a Totó por ninguna parte —contestó Dorothy, que no quería dejar a Totó allí. Totó se había escabullido entre la gente para ladrar a un gatito y Dorothy por fin lo encontró. Lo recogió y echó a correr hacia el globo.

Estaba a pocos pasos ya y Oz le tendía las manos para ayudarla a subirse a la cesta, cuando, ¡crac!, se rompieron las cuerdas y el globo se elevó en el aire sin ella.

—¡Vuelva! —gritó—. ¡Yo también quiero irme!

—No puedo volver, bonita —contestó Oz desde la cesta—. ¡Adiós!

—¡Adiós! —gritaron todos, y todas las miradas se volvieron hacia arriba siguiendo la cesta del mago, que cada vez se elevaba más y más en el cielo.

Y esa fue la última vez que todos ellos vieron a Oz, el mago maravilloso; que yo sepa, no sería imposible que llegara sano y salvo a Omaha y que esté allí ahora. Pero la gente guardó un buen recuerdo de él y se decían unos a otros:

—Oz siempre fue amigo nuestro. Cuando estuvo aquí, construyó esta preciosa Ciudad Esmeralda, y ahora que se ha ido, nos ha dejado al espantapájaros sabio para que nos gobierne. De todas formas estuvieron muchos días entristecidos por haber perdido al maravilloso mago y no encontraban la forma de consolarse.

18

RUMBO AL SUR

Dorothy lloró amargamente al quedarse sin esperanzas de volver a Kansas; pero al pensarlo otra vez, se alegró de no haberse subido al globo y también lamentó la pérdida de Oz, igual que sus compañeros.

El leñador de hojalata se acercó y le dijo:

—En verdad sería un desagradecido si no sintiera la marcha del hombre que me dio mi querido corazón. Me gustaría llorar un poquito porque Oz se ha ido; hazme el favor de secarme las lágrimas para que no me oxide.

—Encantada —contestó ella, y enseguida fue a buscar una toalla. Entonces, el leñador de hojalata lloró unos cuantos minutos, mientras ella observaba las lágrimas y se las secaba con la toalla.

Cuando terminó, le dio las gracias de todo corazón y se engrasó solito a fondo con la preciosa aceitera, por si acaso.

Así pues, el espantapájaros se convirtió en el gobernador de la Ciudad Esmeralda y, aunque no era mago, la gente se enorgullecía de él. «Porque —decían— no hay ninguna otra ciudad en el mundo gobernada por un hombre de relleno». Y, que ellos supieran, tenían toda la razón.

A la mañana siguiente, los cuatro viajeros se reunieron en la sala del trono y hablaron de sus asuntos. El espantapájaros se sentó en el gran trono y los demás se quedaron de pie respetuosamente ante él.

—No tenemos tan mala suerte —dijo el nuevo gobernador—, porque este palacio y la Ciudad Esmeralda nos pertenecen y podemos hacer lo que queramos. Cuando recuerdo que hace poco tiempo vivía encaramado a un palo en el maizal de un granjero y que ahora soy el gobernador de esta hermosa ciudad, me considero muy afortunado por mi suerte.

—Yo también —dijo el leñador de hojalata—; estoy satisfecho con mi corazón nuevo y, de verdad, era lo único que deseaba en el mundo.

—Por mi parte, me basta con saber que soy tan valiente como el animal más valiente que haya existido jamás, si no más —dijo el león con modestia.

—Si Dorothy se conformara con vivir en la Ciudad Esmeralda —prosiguió el espantapájaros—, seríamos muy felices todos juntos.

—Yo no quiero vivir aquí —dijo Dorothy con un grito—. Quiero ir a Kansas y vivir con tía Em y tío Henry.

—Bien, en tal caso, ¿qué se puede hacer? —inquirió el leñador de hojalata.

El espantapájaros decidió ponerse a pensar, y pensaba tanto que las agujas y alfileres empezaron a asomarle por el cerebro. Por fin dijo:

—¿Por qué no llamas a los monos alados y les pides que te lleven a través del desierto?

—¡No se me había ocurrido! —exclamó Dorothy alborozada—. ¡Eso es! Ahora mismo voy a buscar el gorro de oro.

Llevó el gorro a la sala del trono y, tan pronto como pronunció las palabras mágicas, la banda de monos alados entró volando por una ventana abierta y se puso de pie ante ella.

—Es la segunda vez que nos llamas —dijo el rey de los monos inclinándose ante la niña—. ¿Qué deseas?

—Quiero que me llevéis volando a Kansas —dijo Dorothy.

Pero el rey mono movió la cabeza negativamente.

—Eso no es posible —dijo—. Pertenecemos exclusivamente a este país y no podemos salir de él. En Kansas jamás ha habido un solo mono volador hasta ahora, y supongo que nunca los habrá, porque nosotros no somos de ese lugar. Te serviremos encantados en todo cuanto podamos, pero no podemos cruzar el desierto. Adiós.

Y, tras otra inclinación, el rey de los monos desplegó las alas y echó a volar por la ventana seguido por toda su banda. Dorothy estaba casi a punto de llorar por la decepción.

—He utilizado el poder del gorro de oro para nada —dijo—, porque los monos alados no pueden ayudarme.

—¡Una gran lástima, no cabe duda! —dijo el leñador con el corazón enternecido.

El espantapájaros se puso a pensar otra vez y se le abultó tanto la cabeza que Dorothy se asustó porque creyó que le iba a estallar.

—Llamemos al soldado de las patillas verdes y pidámosle consejo —dijo.

Entonces llamaron al soldado, el cual entró en la sala del trono con timidez porque, cuando Oz estaba vivo, jamás le habían permitido ir más allá de la puerta.

—Esta niña —dijo el espantapájaros al soldado— desea cruzar el desierto. ¿Cómo puede hacerlo?

—No lo sé —contestó el soldado— porque nadie lo ha cruzado nunca, excepto el propio Oz.

—¿Y nadie puede ayudarme? —preguntó Dorothy con ansiedad.

—Glinda, quizá —contestó.

—¿Quién es Glinda? —preguntó el espantapájaros.

—La bruja del sur. Es la bruja más poderosa y gobierna a los quadlings. Además, su castillo se encuentra en el límite con el desierto, de modo que quizá sepa cómo cruzarlo.

—Glinda es una bruja buena, ¿verdad? —preguntó la niña.

—A los quadlings les parece buena —dijo el soldado—, es bondadosa con todo el mundo. He oído decir que Glinda es una mujer muy bella que sabe mantenerse joven, a pesar de los muchos años que ha vivido.

—¿Cómo se va a su castillo? —preguntó Dorothy.

—El camino va directo hacia el sur —contestó—, pero dicen que está lleno de peligros para los viajeros. Hay animales feroces en los bosques y

N
O
E
S
Ciudad de Kansas
Desierto y más allá
País de la porcelana
País de los quadlings
País de los monos alados

Castillo de la bruja del norte
País de los winkies
udad
eralda
Campo de amapolas
País de los
nunchkines

una raza de hombres raros que no quieren que nadie cruce por su país. Por tal motivo, los quadlings nunca vienen a la Ciudad Esmeralda.

El soldado se marchó y el espantapájaros dijo:

—Parece ser que, a pesar de los peligros, lo mejor que Dorothy puede hacer es viajar al país del sur y pedir ayuda a Glinda. Porque, claro está, si Dorothy se queda aquí, jamás volverá a Kansas.

—Seguro que has vuelto a pensar —comentó el leñador de hojalata.

—Sí, efectivamente —contestó el espantapájaros.

—Yo iré con Dorothy —declaró el león—, porque estoy cansado de vuestra ciudad y añoro el bosque y el campo. En realidad soy una fiera salvaje, ¿comprendéis? Por otra parte, Dorothy necesita protección.

—Eso es cierto —convino el leñador—. Mi hacha también puede servirle; así pues, yo también voy con ella al país del sur.

—¿Cuándo salimos? —preguntó el espantapájaros.

—¿Vienes tú también? —preguntaron los tres sorprendidos.

—Efectivamente. De no haber sido por Dorothy, jamás habría conseguido tener cerebro. Ella me bajó del palo del maizal y me trajo a la Ciudad Esmeralda. Así que le debo toda mi buena suerte y jamás la abandonaré hasta que vuelva a Kansas de una vez por todas.

—Gracias —dijo Dorothy de corazón—. Sois todos muy bondadosos conmigo. Pero me gustaría empezar el viaje lo antes posible.

—Partiremos mañana por la mañana —contestó el espantapájaros—. De modo que vamos a prepararnos, porque será un viaje largo.

19

EL ATAQUE DE LOS ÁRBOLES LUCHADORES

Al día siguiente por la mañana, Dorothy dio un beso de despedida a la bella joven verde y todos intercambiaron apretones de manos con el soldado de las patillas verdes, que los acompañó hasta la salida. Cuando el guardián de las puertas los vio allí otra vez, se asombró mucho de que volvieran a marcharse de la bella ciudad para ir al encuentro de nuevos peligros.

—Ahora, tú eres nuestro gobernador —dijo al espantapájaros—, de modo que debes volver lo antes posible.

—Así lo haré, efectivamente, si puedo —contestó él—, pero antes tengo que ayudar a Dorothy a volver a su casa.

Al despedirse por última vez del bonachón guardián, Dorothy dijo:

—Me han tratado muy bien en su preciosa Ciudad Esmeralda, todos han sido muy buenos conmigo. No sé cómo decirle cuánto se lo agradezco.

—No hay de qué, querida niña —contestó él—. Nos gustaría que te quedaras con nosotros, pero si deseas volver a Kansas, espero que encuentres el camino. —Entonces abrió la puerta de la muralla exterior y los compañeros comenzaron el viaje.

El sol brillaba con fuerza en la cara de nuestros amigos, que se dirigían hacia el país del sur. Iban todos de un humor excelente, riéndose y charlando.

Dorothy había recuperado la esperanza de volver a casa y el espantapájaros y el leñador de hojalata se alegraban de serle útiles. En cuanto al león, olisqueaba el aire fresco con placer y sacudía la cola de pura felicidad por encontrarse de nuevo en el campo, mientras Totó corría alrededor de todos y perseguía polillas y mariposas ladrando atolondradamente sin parar.

—La vida de la ciudad no va conmigo —comentó el león sin dejar de avanzar a buen paso—. He perdido mucho músculo, viviendo allí, y ahora estoy deseando tener la oportunidad de demostrar a los demás animales lo valiente que me he hecho.

Dieron media vuelta y miraron por última vez la Ciudad Esmeralda. Lo único que vieron fue un conjunto de torres y campanarios detrás de las murallas verdes y, destacando por encima de todas, las agujas y la cúpula del palacio de Oz.

—Oz no era tan mal mago, al fin y al cabo —dijo el leñador al notar los latidos del corazón en el pecho.

—Sabía lo que había que hacer para darme cerebro, un cerebro muy bueno, sin duda —dijo el espantapájaros.

—Si Oz se hubiera tomado una dosis del mismo valor que me dio a mí —añadió el león—, se habría vuelto muy valiente.

Dorothy no dijo nada. Oz no había cumplido lo que le había prometido, aunque lo había intentado, y por eso lo perdonaba. Como él decía, era un hombre bueno, aunque fuera un mago muy malo.

El primer día de viaje cruzaron los campos verdes y los macizos de flores de colores que se extendían alrededor de la Ciudad Esmeralda. Por la noche, durmieron en la hierba con las estrellas por techo y descansaron la mar de bien.

Por la mañana siguieron viajando hasta encontrarse con un bosque espeso. No había forma de rodearlo, pues parecía extenderse a derecha e izquierda hasta donde la vista alcanzaba; por otra parte, no querían desviarse de la dirección que llevaban para no perderse. Así pues, buscaron un sitio por donde fuera más fácil entrar en él.

El espantapájaros, que iba delante, descubrió por fin un gran árbol de ramas enormes que dejaban espacio suficiente para pasar por debajo.

Se dirigió hacia allí, pero al llegar a las primeras ramas, estas se doblaron, se le enroscaron en el cuerpo y enseguida lo alzaron en el aire y lo arrojaron de cabeza contra sus compañeros de viaje.

El espantapájaros no se hizo daño, pero se llevó un susto y parecía mareado cuando Dorothy lo levantó.

—Aquí hay otro claro entre los árboles —dijo el león.

—Déjame probar a mí primero —dijo el espantapájaros—, porque no me hago daño aunque me tiren al suelo. —Mientras hablaba, se acercó al otro árbol, pero las ramas lo atraparon al punto y lo echaron fuera otra vez.

—¡Qué raro es esto! —exclamó Dorothy—. ¿Qué hacemos?

—Me parece que los árboles no quieren que sigamos el viaje y luchan contra nosotros —observó el león.

—Creo que voy a intentarlo yo ahora —dijo el leñador y, con el hacha al hombro, se acercó al primer árbol que había tratado tan mal al espantapájaros. Cuando una rama grande se agachó a atraparlo, el leñador le dio un hachazo tan tremendo que la cortó en dos. Al instante, el árbol empezó a agitar todas las ramas como si le dolieran, y el leñador pasó sano y salvo por debajo.

—¡Vamos! —gritó a los demás—. ¡Daos prisa! Todos echaron a correr y pasaron bajo el árbol sin hacerse daño, salvo Totó, porque lo atrapó una rama pequeña y lo sacudió hasta que empezó a ladrar. Pero el leñador la cortó inmediatamente y soltó al perrito.

El resto de los árboles del bosque no hizo nada por cerrarles el paso, así que pensaron que solo los árboles de la primera hilera podían doblar las ramas y que, seguramente, serían los policías del bosque y les habían dado ese poder mágico para impedir el paso a los extraños.

Así pues, los cuatro viajeros atravesaron el bosque tranquilamente hasta llegar al otro extremo. Pero entonces se llevaron una gran sorpresa, porque se encontraron con un muro alto que parecía de porcelana blanca. Era liso como la superficie de un plato y más alto que sus cabezas.

—¿Qué hacemos ahora? —preguntó Dorothy.

—Voy a hacer una escalera —dijo el leñador—, porque tendremos que escalar el muro, desde luego.

20

EL PAÍS DE LAS FIGURITAS DE PORCELANA

Mientras el leñador construía una escalera con maderos que encontró en el bosque, Dorothy se tumbó y se durmió, pues estaba cansada de la larga caminata. El león también se enroscó sobre sí mismo a dormir y Totó se acostó a su lado.

El espantapájaros, que observaba la labor del leñador, le dijo:

—No puedo entender por qué está aquí este muro, ni de qué está hecho.

—Deja descansar el cerebro y no te preocupes por el muro —replicó el leñador—. Cuando lo hayamos escalado, sabremos lo que hay al otro lado.

Al cabo de un rato, la escalera ya estaba terminada. Parecía insegura, pero el leñador de hojalata estaba convencido de que era fuerte y serviría a sus propósitos. El espantapájaros despertó a Dorothy, al león y a Totó y les dijo que la escalera estaba lista. El espantapájaros fue el primero en encaramarse, pero era tan torpe que Dorothy tuvo que seguirlo de cerca para evitar que se cayera. Cuando el espantapájaros se asomó al otro lado del muro, dijo:

—¡Ahí vaaa!

—Sigue —le dijo Dorothy.

Y el espantapájaros terminó de subir y se sentó en lo alto del muro, mientras Dorothy se asomaba al otro lado y exclamaba «¡Ahí vaaa!» exactamente igual que el espantapájaros.

Luego llegó Totó e, inmediatamente, empezó a ladrar, pero Dorothy le hizo callar.

El león fue el siguiente y el leñador de hojalata el último; pero los dos exclamaron «¡Ahí vaaa!» en cuanto se asomaron al otro lado. Sentados en fila en lo alto del muro, miraron abajo y contemplaron una vista extraña.

Ante sus ojos se extendía un gran espacio de un país con el suelo liso y brillante como el fondo de una fuente enorme. Esparcidas por allí había muchas casas hechas totalmente de porcelana y pintadas de los más luminosos colores. Eran unas casitas bastante pequeñas, la mayor de todas solo le llegaba a Dorothy a la cintura. También había lindos cobertizos en miniatura, con cercas de porcelana alrededor, y muchas vacas, ovejas, caballos, cerdos y pollos, todos de porcelana, repartidos en grupos. Pero lo más curioso de todo era la gente que vivía en ese extraño país. Había lecheras y pastoras con corpiños de vivos colores y delantales moteados de puntos dorados; y princesas con magníficos atavíos de plata, oro y púrpura; y pastores vestidos con pantalones por la rodilla de rayas rosas, amarillas y azules y hebillas doradas en los zapatos; y príncipes con coronas de joyas en la cabeza, ropajes de armiño y jubones de raso; y graciosos payasos con trajes de volantes, redondeles rojos en las mejillas y gorros altos y puntiagudos. Lo más extraño de todo era que estaban hechos de porcelana, incluso la ropa, y eran tan pequeños que el más alto de todos no llegaba a Dorothy ni a las rodillas.

Al principio, nadie miró siquiera a los viajeros, salvo un perrito morado de porcelana con una cabeza muy grande, que se acercó al muro a ladrarles con una vocecita menudísima y luego se marchó corriendo otra vez.

—¿Cómo bajamos? —preguntó Dorothy.

La escalera pesaba tanto que no pudieron levantarla en vilo, así que el espantapájaros se dejó caer del muro y los demás saltaron sobre él para no hacerse daño en los pies contra el duro suelo. Desde luego, procuraron no caer sobre su cabeza para no clavarse las agujas en los pies. Tan pronto como se hallaron todos a salvo en el suelo, levantaron al espantapájaros, que se había quedado bastante aplastado, y lo mulleron para darle buena forma.

—Tenemos que atravesar este lugar extraño y llegar al otro lado —dijo Dorothy—, porque nos equivocaríamos si tomáramos otro camino que no fuera el del sur.

Empezaron a andar por el país de las figuritas de porcelana y, en primer lugar, se encontraron con una lechera de porcelana que ordeñaba a una vaca de porcelana. Al acercarse, la vaca soltó una coz de repente y tiró la banqueta, el cubo y hasta a la lechera, y todo se cayó al suelo de porcelana con gran estrépito.

Dorothy se asustó al ver que la vaca se había roto una pata casi por completo, y que el cubo se había hecho añicos, mientras que la pobre lechera se había agrietado el codo izquierdo.

—¡Ya está bien! —exclamó la lechera enfadada—. ¡Mirad lo que habéis hecho! Mi vaca se ha roto la pata y ahora tengo que llevarla a arreglar con pegamento. ¿Qué es eso de venir aquí asustando a mi vaca?

—Lo siento mucho —contestó Dorothy—; perdónanos, por favor.

Pero la linda lecherita estaba tan ofendida que no pudo contestar. Enfurruñada, recogió la pata y se fue con la pobre vaca, que cojeaba con tres patas solamente. Mientras se alejaba, la lechera miraba con reproche por encima del hombro a los torpes forasteros sujetándose el codo agrietado.

A Dorothy le entristeció el accidente.

—Tenemos que andar con mucho cuidado por aquí —dijo el leñador con ternura de corazón—; podemos hacer mucho daño a esta gente tan bonita y a lo peor no se recuperan.

Un poco más allá, Dorothy se encontró con una princesa joven maravillosamente vestida, la cual se detuvo en seco al ver a los desconocidos y luego echó a correr.

Dorothy quería verla mejor, así que echó a correr detrás de ella, pero la niña de porcelana gritó:

—¡No me persigas! ¡No me persigas!

Su vocecita sonaba tan asustada que Dorothy se detuvo y dijo:

—¿Por qué?

—Porque —contestó la princesa, deteniéndose también a una distancia prudencial— si corro, puede que me caiga y me rompa.

—¿Y no podrían arreglarte? —preguntó Dorothy.

—Sí, claro, pero no quedamos nunca tan bonitos como antes después de un arreglo, ¿sabes?

—No, claro, supongo que no —contestó Dorothy.

—Mira, ahí está el señor Joker, uno de nuestros payasos —prosiguió la dama de porcelana—, siempre quiere ponerse de cabeza. Se ha roto tantas veces que tiene cien grietas, y ya no es nada bonito. Aquí llega, ahora lo verás con tus propios ojos.

Y, en efecto, un simpático payasito se acercó andando hacia ellas y Dorothy vio que, a pesar de su bonito traje rojo, amarillo y verde, tenía grietas por todas partes y en todas direcciones, y se notaba claramente que lo habían reparado muchas veces.

El payaso se metió las manos en los bolsillos y, después de hinchar los carrillos y saludar sin remilgos con un movimiento de cabeza, dijo:

Bella dama, di:
¿Por qué miras así
a este pobre Joker viejo?
¡Qué tiesa vas y qué remilgada!
¡Te habrás tragado una espada!

—¡Callaos, señor! —dijo la princesa—. ¿Es que no veis que aquí hay forasteros y deben ser tratados con deferencia?

—Bien, la deferencia está en la reverencia —dijo el payaso, y al punto se puso de cabeza.

—No hagas caso al señor Joker —dijo la princesa a Dorothy—, tiene la cabeza bastante cascada, y por eso es necio.

—No, no le hago el menor caso —dijo Dorothy—. Pero tú eres tan bonita —prosiguió— que sé que te querría muchísimo. ¿Me permitirías llevarte a Kansas conmigo y colocarte en la repisa de la chimenea de tía Em? Te llevaría en mi cesta.

—Sería muy desgraciada —contestó la princesa de porcelana—. Verás, aquí, en nuestro país, vivimos a gusto y podemos hablar y movernos a voluntad. Pero cuando a alguno de nosotros se lo llevan, se le quedan las articulaciones rígidas inmediatamente y solo puede estar de pie, inmóvil, de adorno. Claro que eso es lo único que esperan de nosotros cuando estamos en las repisas, vitrinas y mesitas de recibidor, pero aquí en nuestro país disfrutamos de una vida mucho más agradable.

—¡Por nada del mundo te haría desgraciada! —exclamó Dorothy—, así que solamente te diré adiós.

—Adiós —contestó la princesa.

Siguieron andando por el país de las figuritas de porcelana con sumo cuidado. Los animalillos y las personas huían a su paso, pues temían que los forasteros los rompieran y, al cabo de una hora o así, los viajeros llegaron al otro lado del país y encontraron otro muro de porcelana.

Sin embargo, no era tan alto como el primero y todos pudieron encaramarse subiéndose a lomos del león. Después, el león se agazapó y saltó el muro, pero, en el momento de saltar, tocó una iglesia de porcelana china con la cola y la iglesia se hizo añicos.

—¡Qué lástima! —dijo Dorothy—. Pero en realidad, creo que hemos tenido suerte por no haber hecho más daño a este pueblo que romper una pata a una vaca y destrozar una iglesia. ¡Es que son muy quebradizos!

—Desde luego que sí —dijo el espantapájaros—, y me alegro de ser de paja, porque así no me rompo tan fácilmente. En el mundo hay cosas peores que ser un espantapájaros.

21

EL LEÓN SE CONVIERTE EN REY DE LOS ANIMALES

Al otro lado del muro de porcelana, los viajeros se encontraron con un país desagradable, lleno de ciénagas y pantanos, cubierto de hierba alta y fétida. Era difícil avanzar mucho sin caerse en charcos de lodo, porque la maleza era tan densa que los ocultaba a la vista. Sin embargo, buscando el camino con tiento, lograron llegar a terreno firme. Pero el país tenía un aspecto más agreste que nunca y, tras una larga y agotadora caminata por el monte bajo, entraron en otro bosque donde los árboles eran tan altos y añosos como no habían visto en su vida.

—Este bosque me encanta —dijo el león mirando alrededor con alborozo—; jamás había visto un lugar tan espléndido.

—Me parece tenebroso —dijo el espantapájaros.

—De eso nada —contestó el león—. Me gustaría vivir aquí toda la vida. Fíjate qué mullidas están las hojas secas al pisarlas y lo verde y tupido que es el musgo que cubre estos viejos árboles. Te aseguro que ninguna fiera salvaje podría desear un hogar mejor.

—A lo mejor hay fieras salvajes aquí —dijo Dorothy.

—Supongo que sí —contestó el león—, pero no veo ninguna cerca.

Siguieron andando por el bosque hasta que oscureció tanto que no pudieron continuar. Dorothy, Totó y el león se tumbaron a dormir, mientras el leñador de hojalata y el espantapájaros montaban guardia, como de costumbre.

Cuando llegó la mañana, reanudaron el camino. Al poco tiempo, oyeron un rugido lejano, como si gruñeran muchos animales salvajes. Totó gimió un poco, pero los demás no se asustaron y siguieron andando por el sendero bien marcado hasta salir a un claro del bosque, donde se hallaban reunidos cientos de animales de todas clases. Había tigres y elefantes, lobos, zorros y todos los que aparecen en las ciencias naturales. Dorothy se asustó al principio, pero el león dijo que los animales estaban celebrando una reunión y que, a juzgar por los gruñidos y las protestas, tenían un problema grave.

Mientras hablaba, varios animales lo vieron e, inmediatamente, la gran asamblea guardó silencio como por arte de magia. El mayor de los tigres se acercó al león, inclinó la cabeza, y dijo:

—¡Bienvenido seas, oh, rey de los animales! Has llegado justo a tiempo para luchar contra nuestro enemigo y devolvernos la paz a todos.

—¿Qué problema tenéis? —preguntó el león en voz baja.

—Estamos bajo la amenaza —contestó el tigre— de un fiero enemigo que ha llegado al bosque hace poco. Es un monstruo tremendo, como una araña descomunal, con el cuerpo tan grande como un elefante y ocho patas tan largas como troncos de árbol. Cuando el monstruo se arrastra por el bosque, atrapa a un animal con una pata, se lo lleva a rastras a la boca y se lo zampa como si fuera una mosca. Nadie estará a salvo mientras ese ser siga con vida, y habíamos convocado esta reunión para decidir cómo protegernos. Entonces llegaste tú.

El león se quedó pensando un momento.

—¿Hay algún otro león en el bosque? —preguntó.

—No, los había, pero el monstruo se los ha comido a todos. Además, ninguno era tan grande y valiente como tú.

—Si acabo con vuestro enemigo, ¿os inclinaréis ante mí y me obedeceréis como rey del bosque? —preguntó el león.

—Con mucho gusto, sí —contestó el tigre.

Y todos los demás animales emitieron un potente rugido:

—¡Sí, sí!

—¿Dónde está ahora esa araña? —preguntó el león.

—Allá, entre los robles —dijo el tigre, señalando con la pata delantera.

—Cuidad bien a estos amigos míos —dijo el león— mientras voy ahora mismo a luchar contra el monstruo.

Se despidió de sus compañeros y marchó orgullosamente hacia la batalla contra el enemigo.

La gran araña estaba dormida cuando el león la encontró, y era tan fea que su rival torció la nariz de asco. Tenía las patas tan largas como el tigre había dicho, el cuerpo cubierto de pelo negro y áspero, y la boca, enorme y con una hilera de dientes afilados de treinta centímetros de longitud; pero el pescuezo que unía la cabeza al corpachón era delgado como la cintura de una avispa. Ese detalle dio al león una pista sobre la forma idónea de atacarla y, como sabía que era mejor enfrentarse a ella dormida que despierta, con un gran salto fue a caer directamente en la espalda del monstruo. Entonces, con un solo golpe de su fuerte zarpa, armada de afiladas garras, separó del cuerpo la cabeza de la araña. Saltó de nuevo al suelo, se quedó mirando hasta que las patas dejaron de moverse y entonces supo que estaba muerta.

El león volvió al claro donde lo esperaban los animales del bosque y dijo con orgullo:

—No habéis de temer más a vuestra enemiga. Entonces, los animales se inclinaron ante el león y lo reconocieron como rey, y él prometió volver y reinar allí tan pronto como Dorothy estuviera sana y salva camino de Kansas.

22

EL PAÍS DE LOS QUADLINGS

Los cuatro viajeros terminaron de cruzar el bosque sin dificultades y, cuando salieron de la oscuridad, se encontraron con una montaña escarpada cubierta de grandes rocas desde el pie hasta la cima.

—La escalada será difícil —dijo el espantapájaros—, pero de todos modos tenemos que pasar por la montaña.

Y así, él fue abriendo camino y los demás lo siguieron. Casi habían llegado a la primera roca cuando oyeron un vozarrón que gritaba:

—¡Atrás!

—¿Quién eres? —preguntó el espantapájaros. Entonces, una cabeza se asomó por encima de la roca y la misma voz dijo:

—Esta montaña es nuestra y no dejamos cruzar a nadie por aquí.

—Pero nosotros tenemos que cruzarla —replicó el espantapájaros—, vamos al país de los quadlings.

—¡Pues no vais! —replicó la voz y, de detrás de la roca, salió el hombre más raro que hubieran visto nunca los viajeros.

Era corpulento, de baja estatura, con una cabeza muy grande y plana por arriba y un cuello fuerte lleno de arrugas. Pero no tenía brazos y, al verlo, al espantapájaros le pareció que un ser tan desvalido no podría evitar que escalaran la montaña. Así que dijo:

—Lamento no complacerte, pero tenemos que pasar por vuestra montaña te guste o no. —Y siguió avanzando intrépidamente.

A la velocidad del rayo, el hombre disparó la cabeza estirando el cuello y, con la parte plana, golpeó al espantapájaros en medio del cuerpo y lo mandó rodando montaña abajo. La cabeza se recogió sobre el cuerpo casi con la misma velocidad con que se había proyectado. El hombre se rio con aspereza y dijo:

—¡No es tan fácil como creéis!

Un coro de risotadas salió de las otras rocas y Dorothy vio cientos de cabezamartillos sin brazos en la falda de la montaña, uno detrás de cada roca. El león se enfadó mucho por las risotadas que provocó el accidente del espantapájaros y, soltando un fuerte rugido que resonó como un trueno, se lanzó montaña arriba.

Otra cabeza salió disparada y el gran león cayó rodando ladera abajo como si le hubiera golpeado una bala de cañón.

Dorothy bajó corriendo a ayudar al espantapájaros a ponerse de pie. El león se acercó a ella con rasguños y magulladuras por todas partes y dijo:

—Es inútil luchar con un pueblo que dispara la cabeza; no hay quien lo resista.

—Entonces, ¿qué hacemos? —preguntó Dorothy.

—Llama a los monos alados —propuso el leñador de hojalata—, todavía tienes derecho a darles una orden más.

—Muy bien —contestó ella; se puso el gorro de oro y pronunció las palabras mágicas. Los monos se presentaron con la misma rapidez que siempre y, unos momentos después, la banda entera estaba ante ella.

—¿Qué ordenas? —preguntó el rey de los monos haciendo una profunda reverencia.

—Llevadnos al otro lado de la montaña, al país de los quadlings —contestó la niña.

—Así se hará —dijo el rey.

Al punto, los monos alados auparon en brazos a los cuatro viajeros y a Totó y se los llevaron volando. Al pasar por encima de la montaña, los cabezamartillos gritaron de rabia y dispararon la cabeza tan alto como pudieron, pero no alcanzaron a los monos alados. Dorothy y sus compañeros llegaron sanos y salvos al otro lado de la montaña y los monos los posaron en el hermoso país de los quadlings.

—Ha sido la última vez que nos llamas —dijo el jefe a Dorothy—; así que adiós y que tengas buena suerte.

—Adiós y muchas gracias —contestó la niña; y los monos se alzaron en el aire y desaparecieron en un plis plas.

El país de los quadlings parecía rico y feliz. Los campos de grano maduro se sucedían unos a otros, atravesados por caminos pavimentados y regados por alegres arroyos ondulantes con sólidos puentes por donde cruzar. Las cercas, las casas, los puentes, todo estaba pintado de rojo luminoso, igual que en el país de los winkies todo era amarillo y en el de los munchkines, azul. También los quadlings, que eran gordos y bajitos y parecían amables y bonachones, iban vestidos de rojo y destacaban mucho entre la hierba verde y el grano amarillo que maduraba.

Los monos los habían dejado cerca de una granja y allí se dirigieron los cuatro viajeros a llamar a la puerta. Abrió la mujer del granjero y, cuando Dorothy le pidió algo de comer, la mujer les preparó una buena merienda consistente en tres clases de tarta y cuatro tipos de galletas, además de un cuenco de leche para Totó.

—¿A qué distancia se encuentra el castillo de Glinda? —preguntó la niña.

—No está muy lejos —contestó la mujer del granjero—. Tomad el camino del sur y llegaréis enseguida.

Dieron las gracias a la buena mujer y reanudaron el camino cruzando campos y hermosos puentes hasta que se encontraron con un castillo precioso. Ante las puertas había tres muchachas que vestían bonitos uniformes rojos ribeteados con cordón de oro. Dorothy se acercó y una de ellas dijo:

—¿Por qué habéis venido al país del sur?

—A ver a la bruja buena que reina aquí. ¿Me llevaréis ante ella? —contestó.

—Dime cómo te llamas y preguntaré a Glinda si quiere recibirte.

Todos dijeron cómo se llamaban y la muchacha soldado entró en el castillo. Al cabo de unos momentos, volvió y dijo que Dorothy y sus compañeros serían recibidos inmediatamente.

23

LA BRUJA BUENA CONCEDE EL DESEO A DOROTHY

Sin embargo, antes de ver a Glinda, los llevaron a una estancia del castillo donde Dorothy se lavó la cara y se peinó, el león se atusó la melena, el espantapájaros se mulló bien la paja y el leñador se abrillantó la hojalata y se engrasó las articulaciones. Cuando ya estaban todos presentables, siguieron a la muchacha soldado, que los condujo a otra estancia donde se encontraba Glinda, sentada en un trono de rubíes.

Les pareció bella y joven. Tenía el cabello de un intenso color rojo y le caía en cascadas de rizos sobre los hombros, el vestido era blanco puro y los ojos, azules. Glinda miró a la niña con ojos bondadosos.

—¿En qué puedo ayudarte, mi querida niña? —le preguntó.

Dorothy contó a la bruja todo lo que le había pasado; que el ciclón la había llevado al país de Oz, cómo había encontrado a sus compañeros y las maravillosas aventuras que habían vivido juntos.

—Ahora, mi mayor deseo —añadió— es volver a Kansas, porque seguro que mi tía Em cree que ha ocurrido alguna desgracia, y entonces me hará un funeral; y si además este año la cosecha no es mejor que el anterior, mi tío Henry no podrá con los gastos, estoy segura.

Glinda se inclinó hacia delante y besó la linda carita infantil que se levantaba hacia ella.

—Bendito sea tu buen corazón —le dijo—. Ya verás como encuentro la forma de que vuelvas a Kansas. —Y luego añadió—: Pero, en tal caso, tienes que devolverme el gorro de oro.

—¡Encantada! —exclamó Dorothy—. De verdad, ahora ya no me sirve para nada y, cuando lo tenga usted, podrá dar tres órdenes a los monos alados.

—Y creo que voy a precisar de sus servicios exactamente tres veces —contestó Glinda sonriendo.

Dorothy le entregó el gorro dorado y la bruja preguntó al espantapájaros:

—¿Qué vas a hacer cuando Dorothy nos deje?

—Volver a la Ciudad Esmeralda —contestó—, porque Oz me ha nombrado gobernador y la gente me aprecia. Lo único que me preocupa es cruzar la montaña de los cabezamartillos.

—Con el gorro de oro pediré a los monos alados que te lleven hasta las puertas de la Ciudad Esmeralda —dijo Glinda—, porque sería una lástima privar al pueblo de un gobernador tan maravilloso.

—¿De verdad soy maravilloso? —preguntó el espantapájaros.

—Eres extraordinario —contestó Glinda.

Entonces, se dirigió al leñador de hojalata y le preguntó:

—¿Y qué será de ti cuando Dorothy se vaya de este país?

El leñador se apoyó en el hacha un momento para pensar y luego dijo:

—Los winkies me han tratado muy bien y me pidieron que los gobernase, cuando murió la bruja malvada. He tomado cariño a los winkies y, si pudiera volver al país del oeste, nada me gustaría más que gobernar allí para siempre.

—Mi segunda orden para los monos alados —dijo Glinda— será que te lleven sano y salvo al país de los winkies. Aunque no tengas un cerebro tan grande como el del espantapájaros, en realidad eres mucho más brillante que él, cuando estás bien pulido, y estoy segura de que gobernarás con tino y sabiduría.

Entonces, la bruja miró al gran león melenudo y le preguntó:

—Cuando Dorothy vuelva a su casa, ¿qué será de ti?

—Más allá de la montaña de los cabezamartillos —contestó—, se extiende un viejo bosque; todos los animales que viven en él me han nombrado rey. Si pudiera volver a ese bosque, pasaría felizmente el resto de mi vida allí.

—La tercera orden para los monos alados —dijo Glinda— será que te lleven al bosque. Luego, después de utilizar tres veces el poder del gorro de oro, se lo devolveré al rey de los monos alados para que él y su banda sean libres otra vez y para siempre.

El espantapájaros, el leñador de hojalata y el león dieron las gracias efusivamente a la bruja buena por su bondad, y Dorothy exclamó:

—¡Es usted tan buena como bella, de verdad! Pero todavía no me ha dicho lo que tengo que hacer para volver a Kansas.

—Los zapatos de plata te llevarán al otro lado del desierto —replicó Glinda—. Si hubieras sabido el poder que tienen, habrías podido volver con tu tía Em el mismo día en que llegaste a este país.

—Pero entonces, ¡yo me habría quedado sin mi precioso cerebro! —exclamó el espantapájaros—. Me habría pasado toda la vida en el maizal del granjero.

—Y yo no tendría mi adorable corazón —dijo el leñador de hojalata—. Me habría oxidado del todo en el bosque hasta el fin del mundo.

—Y yo habría sido un cobarde para siempre —declaró el león— y ningún animal del bosque me dirigiría la palabra.

—Todo eso es cierto —dijo Dorothy—, y me alegro de haber servido de algo a estos buenos amigos. Pero ahora que cada uno ha logrado lo que más deseaba y todos están satisfechos por tener un reino en el que reinar, creo que es hora de que vuelva a Kansas.

—Los zapatos de plata —dijo la bruja buena— tienen poderes maravillosos. Una de sus propiedades más curiosas es que pueden transportarte a cualquier lugar del mundo en tres pasos, y cada paso se da en un abrir y cerrar de ojos. Lo único que tienes que hacer es entrechocar los tacones tres veces y mandar a los zapatos que te lleven adonde desees.

—Entonces —dijo la niña muy contenta—, voy a pedirles que me lleven a Kansas ahora mismo.

Echó los brazos al cuello al león, le dio un beso y le acarició la cabezota tiernamente. Después besó al leñador de hojalata, que lloraba de forma alarmante para sus juntas. Pero al espantapájaros, en vez de besarle la cara pintada, le abrazó el cuerpo relleno y blando y se dio cuenta de que ella también lloraba porque le entristecía separarse de sus queridos amigos.

Glinda la bondadosa descendió del trono de rubíes y dio a la niña un beso de despedida; Dorothy le agradeció la generosidad que había mostrado con sus amigos y con ella.

Entonces, Dorothy aupó a Totó solemnemente y, después de decir adiós por última vez, entrechocó los tacones de los zapatos tres veces diciendo: «¡Llevadme a casa de tía Em!».

Al instante, Dorothy se elevó en el aire dando vueltas a tal velocidad que solo veía y notaba el aire que le silbaba en los oídos.

Los zapatos de plata dieron tres pasos y se detuvieron de pronto tan bruscamente que la niña cayó en la hierba y dio unas cuantas vueltas antes de reconocer dónde estaba.

Sin embargo, al cabo de un rato, se sentó y miró alrededor.

—¡Válgame el cielo! —exclamó.

Y es que estaba en medio de una gran pradera de Kansas y, justo enfrente, se encontraba la casa nueva que tío Henry había construido cuando el ciclón se llevó la otra. Tío Henry estaba ordeñando a las vacas en el establo y Totó, dando un brinco, echó a correr hacia allí ladrando alegremente. Dorothy se puso de pie y vio que estaba descalza. Los zapatos de plata se le habían caído al volar por el aire y se perdieron para siempre en el desierto.

24

EN CASA OTRA VEZ

Tía Em acababa de salir de la casa a regar las coles cuando, al levantar la mirada, vio a Dorothy corriendo hacia ella.

—¡Mi niña bonita! —gritó, y la envolvió en sus brazos y le cubrió la cara de besos—. ¿Dónde has estado, por todas las estrellas del cielo?

—En el país de Oz —contestó Dorothy con seriedad—. Y Totó también está aquí. ¡Ay, tía Em! ¡Cuánto me alegro de estar en casa otra vez!

FIN

L. FRANK BAUM

15 de mayo de 1856, Chittenango (Nueva York) - 6 de mayo de 1919, Los Ángeles (California)

Lyman Frank Baum nació en el seno de una familia acomodada. Fue un niño inquieto, fantasioso y enfermizo, por lo que sus padres lo inscribieron en la academia militar de Peekskill, que abandonó con apenas catorce años por supuestos problemas de salud. Sin el título de educación secundaria, se dedicó a su gran pasión, el teatro, como actor y dramaturgo. Trabajó de periodista y comercial y, ya en la cuarentena, descubrió su talento como contador de historias. En 1897, Baum publicó su primera colección de cuentos con el título *Mother Goose in Prose*. Pronto le seguiría *Father Goose, His Book*, que fue el libro infantil más vendido de 1899. Un año más tarde vio la luz *El maravilloso mago de Oz*, la entrañable historia que se convertiría primero en un musical y luego en una serie de libros que seguiría creciendo de la mano de otros escritores tras la muerte de su creador. Aunque L. Frank Baum es conocido por su obra capital, fue un autor prolífico, que, tras distintos seudónimos, escribió más de 200 poemas, 82 relatos cortos, más de 60 novelas de diversos géneros y un número desconocido de guiones.

Su interés por las artes escénicas se trasladó al cine, y luchó por llevar su obra a la gran pantalla. Sus primeras adaptaciones como cortometrajes fueron eclipsadas por la gran producción de 1939 *El mago de Oz*, con Judy Garland como protagonista, que terminó de consolidar la historia en el imaginario colectivo.